Antonio Tabucchi:
Kleine Mißverständnisse ohne Bedeutung
Erzählungen

Deutsch von Karin Fleischanderl

Deutscher
Taschenbuch
Verlag

dtv

Ungekürzte Ausgabe
Oktober 1988
Deutscher Taschenbuch Verlag GmbH & Co. KG,
München
Lizenzausgabe mit freundlicher Genehmigung des
Carl Hanser Verlags, München · Wien

Titel der italienischen Originalausgabe:
›Piccoli equivoci senza importanza‹

ISBN 3-446-14647-4
Umschlaggestaltung: Celestino Piatti
Umschlagbild: Rotraut Susanne Berner
Satz: LibroSatz, Kriftel
Druck und Bindung: C. H. Beck'sche Buchdruckerei,
Nördlingen
Printed in Germany · ISBN 3-423-10965-3

Das Buch

»Hätte ich dieses statt jenem gesagt, oder wäre ich spät aufgestanden statt früh, dann wäre ich heute unmerklich anders, oder die ganze Welt wäre unmerklich anders. Oder sie wäre wie immer, nur ich wüßte es nicht. Aber ich wäre zum Beispiel nicht hier, um Ihnen eine Geschichte zu erzählen, um Ihnen ein Rätsel zu stellen . . .« Tabucchis Erzählungen sind Rätselgeschichten, rätselhafte Geschichten voller Unerhörtheiten dicht unter der Oberfläche, man muß nur für einen Moment genauer hinsehen, hinhören, weil die Ereignisse zuerst so unspektakulär daherkommen und wir das Gefühl haben, die Geschichte sei uns gerade passiert. Was dann aber stutzig macht, sind die »kleinen Mißverständnisse ohne Bedeutung«, die alles auf den Kopf (oder auf die Füße?) stellen und »allem Faktum« die unvorhergesehene, haarsträubende Wendung geben. Es fehlt uns freilich immer ein letztes Beweisstück, ein Indiz, das die »Leere zwischen den Dingen« schließt. Fangen wir also noch einmal von vorne an: »Hätte ich dieses . . .« – »Unter den neuen italienischen Prosaisten ist Antonio Tabucchi einer der begabtesten«, schreibt Wolfgang Leppmann in der ›Frankfurter Allgemeinen Zeitung‹.

Der Autor

Antonio Tabucchi wurde 1943 in Pisa geboren, lehrt als Professor portugiesische Sprache und Literatur und lebt in Genua und Vecchiano (Toscana). Weitere Werke: ›Piazza d'Italia‹ (1975), ›Der kleine Gatsby‹ (1981, dt. 1986), ›Notturno Indiano‹ (1987), ›Der Rand des Horizonts‹ (1987, dt. 1988).

Inhalt

Vorbemerkung

Das Barock liebte Irrtümer und Mißverständnisse. Calderon und andere erhoben den Irrtum zur Metapher der Welt. Wahrscheinlich beseelte sie die Zuversicht, unser Irrtum hier auf Erden werde sich an dem Tag in Nichts auflösen, an dem wir endlich aus unserem Traum, am Leben zu sein, erwachen. Ich wünsche Calderon und den anderen, nicht einen Irrtum entdeckt zu haben, für den es keine Abhilfe gibt. Das jedoch wird sich noch zeigen.

Auch ich erzähle von Irrtümern, obwohl ich glaube, daß ich sie nicht liebe; es reizt mich vielmehr, sie *aufzuspüren*. Mißverständnisse, Unsicherheiten, verspätete Einsichten, unsinnige Sehnsüchte, möglicherweise trügerische Erinnerungen, dumme, nicht wieder gutzumachende Irrtümer: Die Dinge, die fehl am Platze sind, üben eine unwiderstehliche Anziehung auf mich aus – als handele es sich um eine Berufung, um eine Art armseliges Stigma, das jeder Erhabenheit entbehrt. Zu wissen, daß die Anziehung auf Gegenseitigkeit beruht, ist nicht unbedingt ein Trost. Vielleicht könnte mich die Überzeugung trösten, das Leben selbst sei mißverständlich und halte für uns alle Mißverständnisse bereit, aber das wäre möglicherweise ein anmaßendes Axiom, nicht unähnlich der barocken Metapher.

Zu den hier versammelten Erzählungen möchte ich nur etwas hinsichtlich ihrer ›Erscheinung‹ (wie Gespenster) sagen. Die Geschichte mit dem Titel *Rätsel* habe ich an einem Abend des Jahres 1975 in Paris gestohlen und sie lange genug in mir aufbewahrt, um sie in einer Version wiederzugeben, die einen unheilvollen Verrat am Original begeht. Ich hätte nichts dagegen, *Zauber* und *Any where out of the world* als fantastische Geschichten im weitesten Sinn des Wortes zu bezeichnen; was jedoch niemand daran hindern soll, sie auf andere Weise zu lesen. Erstere kann den Einfluß einer faszinierenden Theorie von Françoise Dolto nicht ganz verleugnen, während ich vielleicht nicht darauf hinzuweisen brauche, daß letztere im Zeichen von Baudelaires *Le spleen de Paris* und im besonderen des Prosagedichts steht, dessen Titel ich mir angeeignet habe. *Der Haß und die Wolken* ist eine realistische Erzählung. *Kino* verdankt viel einem regnerischen Abend, einem kleinen Bahnhof an der Riviera und dem Gesicht einer verstorbenen Schauspielerin.

Zu den anderen Erzählungen habe ich nicht viel hinzuzufügen. Ich möchte nur sagen, daß es mir lieber wäre, wenn *Warten auf den Winter* von Henry James und *Die Züge nach Madras* von Kipling stammten. Das Resultat wäre bestimmt besser. Das ist weniger eine Abbitte für das, was ich geschrieben habe, als eine Trauer um das, was ich nie werde lesen können.

A. T.

Kleine Mißverständnisse ohne Bedeutung

Als der Saaldiener sagte: Erheben Sie sich, das Hohe Gericht erscheint, und im Saal einen Augenblick lang Stille herrschte, und als Federico an der Spitze des kleinen Zuges aus der Tür trat, im Talar und mit beinahe weiß gewordenen Haaren, in genau diesem Augenblick fiel mir »Strada anfosa« ein. Ich sah zu, wie sie sich setzten, als bobachtete ich ein unverständliches, fernes, in der Zukunft ablaufendes Ritual, und das Bild der ernsthaften Herren hinter der von einem Kruzifix überschatteten Balustrade wich dem Bild einer Vergangenheit, die für mich die Gegenwart war, wie in einem alten Film, und meine Hand schrieb fast von allein auf den Notizblock: »Strada anfosa«, während ich bereits woanders war, der Erinnerung überlassen. Und auch Leo, der in seinem Käfig saß wie ein gefährliches Tier, verlor den kranken Blick, den alle extrem unglücklichen Menschen an sich haben, und ich sah ihn, wie er sich auf die Empirekonsole seiner Großmutter lehnte, mit dem üblichen gelangweilten und gleichzeitig schlauen Blick, den nur er hatte und der seinen Charme ausmachte, und er sagte: Tonino, leg noch einmal »Strada anfosa« auf. Und ich legte für ihn die Platte auf: Leo verdiente es, mit Maddalena zu tanzen, auch die »Große Tragödin« genannt, weil sie bei der Schulaufführung zum Jahresende die Antigone gespielt hatte und dabei in ein nicht enden wollendes Schluchzen ausgebrochen war; und die Platte war wirklich wie für die beiden geschaffen: für leidenschaftliche Tänze im Empiresalon von Leos Großmutter. Und so begann der Prozeß: mit Leo und mit Federico, die abwechselnd mit der »Großen Tragödin« tanzten und ihr dabei verliebt in die Augen sahen, als wären sie keine Rivalen, als machten sie sich gar nichts aus diesem Mädchen mit den roten Haaren, als ginge es ihnen bloß ums Tanzen, und dabei waren sie unsterblich in sie verliebt, ich natürlich nicht ausgeschlossen, auch wenn ich die Platten auflegte, als ob nichts wäre.

Zwischen zwei Tänzen begann das Neue Jahr: ein Jahr im Zeichen eines Satzes, der zu einem Sinnbild werden sollte; wir strapazierten ihn bis aufs äußerste, denn er paßte auf die verschiedensten Gelegenheiten: wenn wir eine Verabredung nicht einhielten, wenn wir mehr Geld ausgaben, als wir hatten, wenn wir einen feierlichen Anlaß vergaßen, wenn wir ein Buch lasen, das als hervorragend galt, in Wirklichkeit jedoch sterbenslangweilig war: Alle Irrtümer und Fehler, die uns passierten, waren ein »kleines, unbedeutendes Mißverständnis«. Als ersten traf es Federico, und es war zum Totlachen, denn Federico schmiedete, wie übrigens wir alle, Pläne für die Zukunft: Er hatte klassische Literatur inskribiert, in Griechisch war er schon immer ein Genie gewesen, und in der »Antigone« hatte er den Kreon gespielt; wir hatten moderne Literatur inskribiert, das ist aktueller, sagte Leo, was sind schon diese faden Klassiker gegen Joyce? Wir saßen im Caffè Goliardico, jeder mit seinem Studienbuch, und lasen die auf dem Billardtisch ausgebreiteten Studienpläne; Memo hatte sich unserer Gruppe angeschlossen, er kam aus Lecce und war politisch engagiert; es war ihm ein großes Anliegen, daß die Politik korrekt betrieben wurde, weshalb wir ihm den Spitznamen »Abgeordneter« gaben, und schließlich nannte ihn der ganze Jahrgang so. Plötzlich kam Federico hereingestürzt und schwenkte sein Studienbuch; er keuchte und konnte vor Aufregung kaum sprechen: Man hatte ihm irrtümlicherweise ein Studienbuch für Jura gegeben, er konnte es kaum fassen. Als Trost begleiteten wir ihn ins Sekretariat, wo uns ein freundlicher und gleichgültiger Beamter empfing; er war ein alter Mann und hatte schon Tausende von Studenten kommen und gehen sehen; er musterte das Studienbuch Federicos und sein besorgtes Gesicht: Das ist ein kleines, nicht wieder gutzumachendes Mißverständnis, sagte er, Sie brauchen sich keine Sorgen zu machen. Federico sah ihn verstört an, mit hochrotem Gesicht, und stammelte: Ein kleines, nicht wieder gutzumachendes Mißverständnis? Der Alte ließ sich nicht aus der Ruhe bringen: Entschuldigen Sie, sagte er, ich habe mich versprochen, ein kleines, unbedeutendes Mißverständnis, wollte ich sagen, noch vor Weihnachten lasse ich Ihnen die richtige Inskription zukommen; wenn Sie wollen, können Sie inzwischen die eine oder andere Juravorlesung belegen, so vergeuden Sie wenigstens nicht Ihre Zeit. Beim Hinausgehen hielten wir uns den Bauch vor Lachen: ein kleines, unbedeutendes Mißverständnis! Und wir brüllten aufs neue los über Federicos wütendes Gesicht.

Wie seltsam die Dinge doch sind. Nach ein paar Wochen erschien Federico eines Morgens mit selbstzufriedener Miene im Goliardico. Er kam gerade aus einer Vorlesung über Rechtsphilosophie, in die er einfach so gegangen war, um etwas zu tun zu haben. Also, Leute, ob wir ihm glaubten oder nicht, er hatte in einer einzigen Stunde Dinge kapiert, die er in seinem ganzen bisherigen Leben nicht verstanden hatte, im Vergleich dazu wußten die griechischen Tragiker rein gar nichts über das Leben; er würde bei Jura bleiben, die Klassiker kannte er ohnehin schon.

Die Stimme Federicos eben war fragend, sie klang metallisch und wie aus weiter Ferne, als käme sie aus dem Telefon; die Zeit geriet ins Schwanken und versank wie in einem Wirbel: Und umgeben von Luftbläschen, treibend im Tümpel der Jahre, tauchte das Gesicht Maddalenas auf. Vielleicht sollte man das Mädchen, in das man einmal verliebt war, nicht an dem Tag besuchen, an dem ihr die Brüste wegoperiert werden. Wenn auch nur aus Selbstschutz. Aber ich hatte keine Lust, mich zu schützen, ich hatte mich bereits ergeben. Und so ging ich hin. Ich wartete im Korridor auf sie, vor dem Operationssaal, wo der jeweilige Patient ein paar Minuten warten mußte, bis er an der Reihe war. Sie brachten sie auf dem Rollbett, und auf ihrem Gesicht lag die unschuldige Fröhlichkeit der Vornarkose, die, glaube ich, eine Rührseligkeit ohne Bewußtsein erzeugt. Ihre Augen glänzten, und ich drückte ihr die Hand. Ich begriff, daß sie noch immer Angst hatte, eine von der Chemie gedämpfte Angst. Sollte ich etwas sagen? Am liebsten hätte ich gesagt: Maddalena, ich war immer in dich verliebt, keine Ahnung, warum ich dir das nicht früher habe sagen können. Aber einem Mädchen, das gerade in den Operationssaal gebracht wird, zu einer derartigen Operation, kann man so etwas nicht sagen. Also flüsterte ich so schnell ich konnte: Vielgestaltig ist das Ungeheure, und nichts ist ungeheurer als der Mensch, auch über das graue Meer im winterlichen Südwind geht er und unter rings aufbrüllendem Wogenschwall kommt er hindurch – ein Satz aus »Antigone«, den ich bei der Aufführung vor vielen Jahren zu ihr gesagt hatte; keine Ahnung, warum er mir so deutlich vor Augen stand und ob sie sich an ihn erinnerte, ob sie imstande war zu verstehen; sie drückte mir die Hand, und sie brachten sie weg. Ich ging hinunter zum Krankenhausbüffet; an Alkoholischem gab es nur Amaro Ramazzotti, und ich brauchte ein Dutzend davon, um mich zu betrinken; als mir übel wurde, setzte ich mich auf eine Bank vor dem Krankenhaus, und ich mußte mir einreden, daß es ein Wahnsinn wäre, zum Chirurgen zu gehen, daß es der Alkohol war, der dieses Bedürfnis in mir verursachte, denn ich wollte tatsächlich zum Chirurgen gehen und ihm sagen, er solle die Brüste nicht verbrennen lassen, sondern sie mir geben, denn ich wollte sie aufheben, und es machte mir auch nichts, wenn sie innerlich krank waren, denn in uns allen ist immer irgendeine Krankheit, und ich hatte sie gern, die Brüste, sie hatten – nun, wie soll ich sagen? – eine Bedeutung, ich hoffe, Sie verstehen. Aber der letzte Funke von Verstand hielt mich davon ab, und ich schaffte es, ein Taxi zu erreichen; zu Hause schlief ich den ganzen Nachmittag; das Telefon weckte mich, als es bereits dunkel war, ich sah nicht einmal auf die Uhr, und die Stimme Federicos sagte: Tonino, ich bins, hörst du mich, Tonino? Wo bist du?, fragte ich mit belegter Stimme. In Catanzaro, antwortete er. Ich: in Catanzaro, was treibst du in Catanzaro? Er: Ich bewerbe mich als Staatsanwalt, ich habe gehört, daß es Maddalena nicht gut geht, daß sie im Krankenhaus ist. Genau, sagte ich, erinnerst du dich, was sie für Brüste hatte? Es gibt sie nicht mehr: zack! Und er sagte: Was redest du da, Tonino, bist du betrunken? Sicher bin ich betrunken, sagte ich, stockbesoffen bin ich, und mir graut vor dem Leben, und auch vor dir mit deinem Staatsanwaltsposten in Catanzaro, warum hast du sie nicht geheiratet? Sie war in dich verliebt und nicht in Leo, und das hast du immer gewußt; du hast sie nicht geheiratet, weil du Angst hattest, weshalb hast du diese Klugscheißerin von einer Frau geheiratet, kannst du mir das sagen? Ein Arschloch bist du, mein lieber Federico. Ich hörte, wie es klick machte, als er auflegte, sagte noch ein paar Unflätigkeiten ins Leere, und dann ging ich zurück ins Bett und träumte von einem Feld voller Mohn.

Und so flogen die Jahre wahllos vor und zurück, und Leo und Federico tanzten noch immer mit Maddalena im Empiresalon. Und während die beiden da vorne saßen, der eine im Talar und der andere in seinem Käfig, begann die Zeit plötzlich wie wild durcheinanderzuwirbeln, wie in einem alten Film, in der Art von Kalenderblättern, die davonfliegen und sich aufs neue zusammenfügen, und inzwischen tanzten die beiden mit Maddalena und blickten ihr tief in die Augen, und ich legte die Platten auf. Und weiter: wir alle eines Sommers im Gebirgscamp des Nationalen Olympiakomitees, die Spaziergänge im Wald, die Tennisleidenschaft, die uns alle gepackt hatte, aber Leo spielte als einziger ernsthaft: der Leo mit seiner unschlagbaren Rückhand und dennoch so elegant, mit den anliegenden Leibchen, den schweißnassen Haaren und dem nach dem Match um den Hals geschlungenen Handtuch. Am Abend lagen wir auf der Wiese und philosophierten über das Leben: Wem würde Maddalena den Kopf auf die Brust legen? Und dann dieser Winter, der uns alle überraschte, vor allem, was Leo betraf. Wer hätte sich das gedacht: Er, so elegant und betont oberflächlich, der an die Statue im Vorraum des Rektorats geklammert, vor den versammelten Studenten eine enthusiastische Rede hielt? Er trug einen grünlichen, militärisch geschnittenen Parka, der ihm hervorragend stand; meiner war blau, weil ich dachte, blau passe besser zu meinen hellen Augen, aber Maddalena achtete gar nicht darauf, jedenfalls sagte sie nichts; sie betrachtete nur den Parka Federicos, der ihm zu weit war und ihn plump machte; ich fand diesen zu groß geratenen, steifen Jungen mit den zu langen Ärmeln lächerlich, aber den Frauen schien er offensichtlich zu gefallen.

Dann begann Leo mit leiser und monotoner Stimme zu

sprechen, als erzählte er ein Märchen, und das war die Ironie Leos, ich wußte das; im Gerichtssaal hätte man eine Stecknadel fallen hören, die Journalisten machten gebannt ihre Notizen, als verkündete er ihnen das *Große Geheimnis*, und auch Federico hörte ihm mit äußerster Aufmerksamkeit zu; Gott im Himmel, dachte ich, warum tust du, als hörtest du ihm wie gebannt zu, er erzählt dir doch nichts Neues, in diesem Winter warst auch du dabei. Und fast stellte ich mir vor, daß Federico plötzlich inmitten des Hohen Gerichts aufstand und sagte: Meine Herren Geschworenen, mit Ihrer Erlaubnis möchte ich diesen Teil erzählen; er ist mir bestens bekannt, da ich ihn selbst erlebt habe: Die Buchhandlung hieß »Nuovo Mondo« und lag an der Piazza Dante, heute befindet sich an ihrer Stelle eine elegante Parfümerie, wenn ich nicht irre, die auch Taschen von Gucci verkauft. Sie bestand aus einem großen Zimmer und zwei Nebenräumen rechts: einem Abstellraum und dem Klo. Im Abstellraum haben wir niemals Bomben aufbewahrt und auch keine sonstigen Sprengstoffe, sondern die Salzringe aus Apulien, die Memo mitbrachte, wenn er in den Ferien in seinem Dorf gewesen war, und dort trafen wir uns jeden Abend und aßen Salzringe aus Apulien und Oliven. Unser Gesprächsthema war fast immer die kubanische Revolution, und über dem Kassentisch hing auch tatsächlich ein Poster von Che Guevara; aber wir beschäftigten uns auch mit den anderen historischen Revolutionen; und ich mußte über sie berichten, denn was die Geschichtsphilosophie anbelangt, so wußten meine Freunde recht wenig; ich hingegen hatte die Geschichte des politischen Gedankens für eine Prüfung studiert, die ich mit Auszeichnung bestand, und so hielt ich einige Vorlesungen über Babeuf, Bakunin und Carlo Cattaneo, die wir Seminare nannten; in Wirklichkeit waren mir die Revolutionen jedoch ziemlich egal, ich machte das alles nur wegen eines Mädchens mit roten Haaren, die Maddalena hieß und in die ich verliebt war, aber ich war davon überzeugt, daß sie in Leo verliebt war, oder besser gesagt, ich wußte, daß sie in mich verliebt war, hatte aber Angst, sie könnte in Leo verliebt sein; kurz und gut, es war ein kleines, unbedeutendes Mißverständnis – ein Satz, der zwischen uns üblich war in dieser Zeit, und dann war da Leo, der mich andauernd auf den Arm nahm; Leo hatte schon immer die Gabe besessen, die Leute auf den Arm zu nehmen, er ist schlagfertig und hat das Talent zur Ironie, und so stellte er mir leicht böswillige Fangfragen, damit alle sahen, daß ich ein Reformist war und er ein wahrer, ein radikaler Revolutionär; aber so radikal war er in Wirklichkeit gar nicht, der Leo, er wollte mich bloß vor Maddalena bloßstellen, und so geschah es, daß er – teilweise aus Überzeugung und teilweise aus Zufall – in den Vordergrund rückte, daß er der Wichtigste wurde in unserer Gruppe, aber auch für ihn war das ein kleines Mißverständnis, das er für unbedeutend hielt. Und Sie wissen ja, wie es ist: Die Rolle, die man spielt, wird zur Wirklichkeit; das Leben ist tüchtig, wenn es darum geht, die Dinge zu verhärten, und die Haltungen werden zu Lebensentscheidungen.

Aber Federico sagte kein Wort davon, er verfolgte nur aufmerksam die Fragen des Staatsanwaltes und die Antworten Leos, und ich dachte: Das ist doch nicht möglich, das ist eine Aufführung. Aber es war keine Aufführung, nein, es war die Wirklichkeit, sie prozessierten gegen Leo, und auch die Dinge, die Leo gemacht hatte, waren wirklich, und er gestand sie offen und gleichmütig ein, und Federico hörte ihm gleichmütig zu, und da dachte ich, daß auch er nicht anders konnte, denn dies war seine Rolle in der Komödie, die man gerade spielte. Und in diesem Augenblick spürte ich einen Impuls der Rebellion; den Wunsch, mich dieser Handlung, die bereits festgelegt schien, zu widersetzen – einzugreifen, sie zu verändern. Was kann ich tun?, dachte ich, und mir fiel nur Memo ein, das war alles, was ich tun konnte; ich verließ den Gerichtssaal und ging in dic Vorhalle hinaus, wo ich den Carabinieri meinen Ausweis zeigte; während ich die Nummer wählte, dachte ich hektisch darüber nach, was ich sagen sollte: Sie prozessieren gegen den Leo, würde ich sagen, komm, du mußt etwas unternehmen, er gräbt sich sein eigenes Grab, es ist absurd, natürlich weiß ich, daß er schuldig ist, aber nicht in diesem Ausmaß; er ist nur ein Rädchen in einem Getriebe, das ihn zermalmt hat, aber er spielt die Rolle dessen, der die Hebel des Getriebes bedient hat, aber er tut es nur, um sich selbst treu zu bleiben, er hat niemals eine Maschinerie betätigt und wahrscheinlich hat er nicht einmal Geheimnisse auszuplaudern, er ist nur er selbst, derselbe Leo wie damals, als er mit dem Handtuch um den Hals Tennis spielte, aber er ist auch intelligent, er ist ein intelligenter Idiot, und das alles ist absurd.

Das Telefon läutete eine Zeitlang und dann antwortete eine höfliche und kühle Frauenstimme mit deutlich römischem Akzent: Nein, der Herr Abgeordnete ist nicht da, er ist in Straßburg, was wünschen Sie? Ich bin ein Freund, sagte ich, ein alter Freund, könnten Sie ihn bitte ausfindig machen? Es handelt sich um etwas sehr Wichtiges. Es tut mir leid, sagte die höfliche und kühle Stimme, aber das wird leider nicht möglich sein, der Herr Abgeordnete ist in einer Sitzung, aber wenn Sie möchten, können Sie eine Nachricht hinterlassen, ich werde sie ihm so bald wie möglich übermitteln. Ich legte auf und ging in den Saal zurück, aber anstatt mich auf meinen Platz zu setzen, blieb ich am oberen Ende des halbkreisförmigen Saales stehen, hinter der Reihe der Carabinieri; ein Raunen ging gerade durch die Reihen; Leo hatte wohl eine seiner typischen Bemerkungen gemacht, auf seinem Gesicht lag noch der böswillige Ausdruck dessen, der gerade etwas Hinterhältiges gesagt hat, und in diesem Ausdruck spürte ich eine große Traurigkeit. Und auch Federico, der die Unterlagen vor sich ordnete, schien mir von einer großen Traurigkeit befallen zu sein, als lastete ein Gewicht auf seinen Schultern, und in diesem Augenblick verspürte ich den Wunsch, im Blitzlichthagel der Fotografen durch den Saal zu gehen, bis hin zur Balustrade, und mit den beiden zu sprechen, ihnen die Hand zu drücken, nun, irgend etwas Ähnliches. Aber was hätte ich sagen sollen? Daß es sich um ein kleines, nicht wiedergutzumachendes Mißverständnis handelte? Denn während ich das dachte, hatte ich tatsächlich das Gefühl, das alles sei nur ein riesiges kleines nicht wiedergutzumachendes Mißverständnis, das vom Leben vereinnahmt worden war: Die Rollen waren inzwischen zugeteilt, und es war unmöglich, sie nicht zu spielen; und auch ich mit meinem Notizblock, auch ich, der ich einfach zusah, wie sie ihre Rollen spielten, spielte eine Rolle, und darin bestand meine Schuld: daß ich gute Miene zum bösen Spiel machte, denn man spielt überall mit und hat an allem Schuld, jeder auf seine Weise. Und in diesem Augenblick überkam mich eine große Müdigkeit und eine Art Scham, und gleichzeitig nahm mich eine Vorstellung in Besitz, die ich nicht entschlüsseln konnte: etwas, das ich als das Bedürfnis nach *Vereinfachung* bezeichnen könnte. In einem Sekundenbruchteil, in dem sich ein Knäuel mit atemberaubender Geschwindigkeit aufrollte, begriff ich, daß wir aufgrund einer Sache da waren, die sich *Kompliziertheit* nennt, und die in Hunderten, Tausenden und Millionen von Jahren Schicht für Schicht immer kompliziertere Kreisläufe, immer kompliziertere Systeme kondensiert hat, bis das entstanden war, was wir sind und was wir erleben. Und mich überkam die Sehnsucht nach der *Vereinfachung*, als ob die Millionen von Jahren, die die Wesen hervorgebracht hatten, die da sind: Federico, Leo, Maddalena, der »Abgeordnete« und ich – als ob diese Millionen von Jahren sich wunderbarerweise in ein aus Nichts bestehendes Stäubchen Zeit auflösten: Und ich stellte mir vor, wie wir alle auf einem Blatt saßen. Das heißt, nicht gerade saßen, denn unsere Körper waren mikroskopisch klein und mononuklear geworden: ohne Geschlecht, ohne Geschichte und ohne Verstand; und dennoch mit einem Funken von Bewußtsein, der es uns möglich machte, uns zu erkennen, zu wissen, daß wir fünf es waren, die da auf einem Blatt saßen und kleine Schlückchen Tau tranken, als säßen wir mit einem Getränk an einem Tischchen im Caffè Goliardico, und unsere Funktion bestand einzig und allein darin, dazusitzen, während ein anderes Grammophon für uns eine andere »Strada anfosa« spielte, in einer anderen Form, die aber im wesentlichen dieselbe war.

Und während ich gedankenverloren auf diesem Blatt saß, erhob sich das Gericht und auch das Publikum; nur der Leo blieb in seinem Käfig sitzen und zündete sich eine Zigarette an; vielleicht war das eine Verhandlungspause, ich wußte es nicht; aber ich ging auf Zehenspitzen hinaus; draußen war die Luft glasklar und der Himmel türkisblau; vor dem Justizpalast stand verloren das Wägelchen eines Eisverkäufers, und hin und wieder fuhr ein Auto vorbei; ich machte mich auf den Weg in Richtung Hafen; auf dem Kanal lag ein verrosteter Lastkahn, der lautlos dahinglitt, wie ohne Motor; ich ging an ihm vorbei, und darauf standen der Leo und Federico, der eine mit seinem spöttischen Gesicht und der andere ernsthaft und nachdenklich; sie blickten mich fragend an, und es war deutlich, daß sie auf einen Satz von mir warteten; und hinten auf dem Kahn stand Maddalena, als führe sie das Steuer, strotzend vor Jugend, und lächelte wie ein Mädchen, das weiß, daß es vor Jugend strotzt. Kinder, wollte ich zu ihnen sagen, erinnert ihr euch an »Strada anfosa«? Aber die drei waren steif und unbeweglich, und ich begriff, daß sie in realistischer Manier geschaffene und zu bunt bemalte Gipsfiguren waren, in extravaganten und karikaturenhaften Posen, wie sie manchmal die Puppen in den Schaufenstern haben. Und ich sagte nichts, natürlich nicht, sondern winkte ihnen nur mit der Hand, während der Kahn mit ihnen davonfuhr, und ging weiter auf die Mole hinaus, langsam und zögernd, und dabei versuchte ich, nicht auf die Zwischenräume zwischen den Pflastersteinen zu treten, wie ich es auch als Kind getan hatte, als ich mit einem unschuldigen Ritual versuchte, der Symmetrie der Steine meine kindliche Dechiffrierung der Welt anzupassen, die noch keinen Rhythmus kannte und kein Maß.

Rätsel

Heute nacht habe ich von Miriam geträumt. Sie trug ein langes, weißes Kleid, das von weitem wie ein Nachthemd wirkte, sie kam am Strand auf mich zugelaufen, die Wellen waren erschreckend hoch und die Brandung lautlos: Es war wohl der Strand von Biarritz, auch wenn er völlig leer war, und ich saß in einem Liegestuhl, im ersten der endlos langen Reihe leerer Liegestühle, aber vielleicht war es auch ein anderer Strand, ein imaginärer Strand, denn soweit ich mich erinnere, gibt es keine solchen Stühle in Biarritz, und ich winkte ihr und lud sie ein, sich zu setzen, aber sie ging mit starr nach vorne gerichtetem Blick weiter, als habe sie mich gar nicht bemerkt, und als sie an mir vorbeiging, spürte ich einen eisigen Hauch, als wäre sie von einem kalten Schein umgeben, und da begriff ich mit dem in Träumen selbstverständlichen Staunen: Sie war tot.

Manchmal leuchtet uns eine Lösung nur auf diese Weise ein: im Traum. Vielleicht weil die Vernunft feige ist, weil es ihr nicht gelingt, die Leere zwischen den Dingen zu füllen und eine Vollständigkeit herzustellen, die eine andere Form der Einfachheit ist und eine Kompliziertheit voller Löcher vorzieht: Und somit überläßt der Wille dem Traum die Lösung. Aber morgen oder sonst einmal werde ich träumen, daß Miriam lebt: Sie wird am Meer entlanggehen und auf meinen Ruf hören, sie wird sich neben mich in einen Liegestuhl setzen, am Strand von Biarritz oder an irgendeinem anderen imaginären Strand, und sich mit einer langsamen, müden, durch und durch sinnlichen Bewegung das Haar zurückstreichen, wie es ihre Art ist, sie wird aufs Meer hinausblicken und mir ein

Segelschiff zeigen, oder eine Wolke, lachend, und wir werden beide darüber lachen, daß wir es geschafft haben, daß wir gemeinsam hier sind, daß wir uns zu unserem Rendezvous eingefunden haben.

Das Leben ist ein Rendezvous, ich weiß, Monsieur, das ist eine Banalität, nur wissen wir nie wann, mit wem, wie und wo. Und so denken wir uns: Hätte ich dieses statt jenem gesagt, oder jenes statt diesem, wäre ich spät aufgestanden anstatt früh, oder früh anstatt spät, dann wäre ich heute unmerklich anders, oder die ganze Welt wäre unmerklich anders. Oder sie wäre wie immer, nur ich wüßte es nicht. Aber ich wäre zum Beispiel nicht hier, um Ihnen eine Geschichte zu erzählen, um Ihnen ein Rätsel zu stellen, das keine Lösung hat, oder doch eine, die nur diese eine sein kann und die ich nicht kenne, und manchmal, hin und wieder, erzähle ich die Geschichte einem Freund, bei einem Gläschen, und sage: Ich stelle dir ein Rätsel, vielleicht kannst du es lösen. Aber warum interessieren Sie sich eigentlich für Rätsel? Haben Sie eine Leidenschaft für Kreuzworträtsel, oder ist es nur die kalte Neugier dessen, der das Leben der anderen beobachtet?

Ein Rendezvous und eine Reise, auch das ist eine Banalität, ich spreche natürlich vom Leben, wie oft mag das wohl schon gesagt worden sein?, und während der großen Reise machen wir wiederum Reisen: kleine unbedeutende Fahrten auf der Kruste dieses Planeten, der ebenfalls reist, aber wohin? Die ganze Welt ist ein Rätsel, jetzt halten Sie mich wohl für verrückt. Aber damals stand ich still, ich befand mich in einer Periode der Stagnation, meine Zeit versickerte in einem Tümpel der Apathie, und ich besaß die Ruhe derer, die nicht mehr allzu jung, aber auch noch nicht allzu erwachsen sind, und die einfach auf das Leben warten. Stattdessen kam Miriam. Ich bin die Gräfin von

Terrail, ich muß nach Biarritz. Und ich bin der Marquis von Carabas, aber normalerweise verlasse ich meine Ländereien nicht. Es begann tatsächlich so, mit diesen Sätzen. Wir waren im ›Chez Albert‹, in der Gegend von Porte Saint-Denis, nicht gerade ein Ort für Gräfinnen. Am Nachmittag, nachdem ich die Werkstätte zugesperrt hatte, ging ich immer auf ein paar Gläschen in dieses Bistro, inzwischen existiert es nicht mehr, an seiner Stelle befindet sich einer dieser Läden, die menschliches Fleisch auf Film verkaufen, das sind die Zeiten. Albert hätte sich gerne am Friedhof Père Lachaise begraben lassen, weil Proust dort liegt, aber dann reichte es, glaube ich, nur für Ivry, an der Peripherie, auch das sind die Zeiten. Früher, das war etwas anderes, ich will nicht nostalgisch werden, aber das war wirklich etwas anderes: Sie brauchen sich ja nur die Autos heutzutage anzusehen, sie haben einen Motor, der ist so klein, daß er in ein Taschentuch paßt, man hat nicht einmal genug Platz, um den Vergaser abzumontieren. Albert war nicht wirklich mein Kompagnon, aber so gut wie, er beschaffte auch einen guten Teil der Autos; als die Straßen noch nicht geteert waren und man Schutzbrillen gegen den Staub trug, war er Rallyepilot gewesen, ein winziges Männchen, das an der Bartheke melancholisch geworden war und nur lachte, wenn er ein Gläschen zuviel getrunken hatte, aber dann zapfte er das Elsäßerbier und schmiß dir den Krug wie in einem Cowboyfilm über die Theke und rief: *la vitesse!* Die vitesse war sein Ruin gewesen, aber es war halb so schlimm, er hinkte bloß ein wenig, und mit der Linken konnte er nicht gut zupacken. Ihm war es gelungen, das Auto von Agostinelli zu bekommen. Von Proust, wollte ich sagen. Keine Ahnung, wie er das angestellt hatte. Agostinelli war der Chauffeur von Proust gewesen, ein braver Junge, und mit ihm hatte

Proust die Normandie durchquert, von einer gotischen Kathedrale zur anderen, keine Ahnung, ob zwischen den beiden was war, ist ja auch Nebensache, wie Sie wissen, hatte Proust so seine Vorlieben. Wie dem auch sei, um auf unser Gespräch von vorhin zurückzukommen: Ich hatte etwas geschrieben, vor ein paar Jahren, als ich das erste Jahr Literatur studierte, und ich hatte gedacht, das könnte meine Dissertation werden, aber dann ließ ich alles sausen, die Sorbonne und die Professoren, die mir wie Invaliden vorkamen; meine Dissertation hätte heißen sollen: *Les impressions de Proust en automobile*, aber nicht Proust interessierte mich, versteht sich, sondern sein Auto, und eines schönen Tages ging ich hin und veröffentlichte das Ding in zwei Folgen in einer miserablen Zeitschrift, einer schlechten Imitation von ›Harper's Bazaar‹, den Namen werde ich Ihnen nicht verraten, damit Sie nicht auf die Idee kommen, sie zu suchen; keine Ahnung, wie sie Albert in die Hände gefallen war, aber für ihn war das ganz normal: Ihm fiel alles in die Hände. Und dann, Sie wissen ja, wie das Leben ist, wie ein Gewebe, die Fäden laufen alle zusammen, und das würde ich eines Tages gern verstehen: wie das ganze Muster aussieht, und so landete ich eines Abends im ›Chez Albert‹, mit meiner Zeitschrift unter dem Arm, und bestellte ein Gläschen. Ich trieb mich in Saint-Denis herum, weil ich gehört hatte, es gäbe hier eine Autowerkstatt, die von einem Alten geführt wurde, der Oldtimer reparierte, und ich war ein ausgezeichneter Mechaniker, ich war in einer Garage in Meudon aufgewachsen, ja wirklich, in der Heimatstadt Célines, aber ich habe ihn nie kennengelernt, angeblich war er ein bösartiger Mensch, wenn auch ein guter Arzt, so heißt es zumindest, vor allem bei den armen Leuten. Albert sah die Zeitschrift in meiner Hand; da steht etwas über das Auto von Proust drinnen, sagte er, der Schwachsinnige, der es geschrieben hat, nennt sich Marquis von Carabas. Der Marquis von Carabas bin ich, sagte ich, aber im Augenblick bin ich ein wenig heruntergekommen, ich suche die Autowerkstätte Pégase, ich habe gehört, daß sie dort eine Hilfskraft suchen. Albert warf mir einen mißtrauischen Blick zu, sah, daß es mir ernst war, ich war wirklich ein wenig entmutigt; sei mir nicht böse, Junge, da hinten ist die Werkstätte, und da ist auch das Auto von Agostinelli, letzten Sonntag habe ich es hergebracht, von einem Autofriedhof in Suresnes, die dort wußten nicht einmal, worum es sich handelt, jetzt geht es nur noch darum, es wieder in Fahrt zu bringen.

Wir verbrachten den ganzen Sommer damit, es wieder in Fahrt zu bringen. Der wird nicht verkauft, sagte Albert, mit diesem Wagen werde ich mein letztes Rennen fahren, darin will ich auf den Père Lachaise gebracht werden, und hinter mir eine kleine Kapelle, die *En passant par la Lorraine* spielt, Albert stammte aus Lothringen, versteht sich. Ich weiß nicht, ob Sie das Auto von Proust vor Augen haben, Sie kennen gewiß das Foto: ein Monument von einem Auto, mit zwei Vorderleuchten wie Scheinwerfer, und tatsächlich dienten sie den beiden auch, das Tympanon der Kathedralen zu beleuchten; manchmal kamen er und Agostinelli am Abend an, fuhren durch die leere Stadt und hielten auf dem Kirchplatz an, etwas schräg, damit der Strahl der Scheinwerfer nach oben gerichtet war; auf das Tympanon, Agostinelli, sagte Proust und schlug Ruskin auf, seine Bibel; das ist alles authentisch, alles schriftlich, es erschien 1907 in »Le Figaro« und hieß *Impressions de route en automobile*. Natürlich war ich mir nie sicher, ob wir auch wirklich das Auto von Proust hatten; auf dem Autofriedhof, wo Albert es gekauft hatte, gab es keinen Typenschein mehr, und es war unmöglich, den ursprünglichen Besitzer ausfindig zu machen, aber es war derselbe Wagen, und hinter dem Armaturenbrett lag ein Paar Handschuhe, das für Albert eindeutig war, und dann glaubte er gern daran, warum auch nicht. Nur für sein Begräbnis konnte er den Wagen nicht brauchen, aber das ist eine andere Geschichte.

Als der Besitzer der Werkstätte starb, übernahm ich das Unternehmen. Praktisch gehörte es schon mir, außer auf dem Papier, und auch das Kapital gehörte inzwischen mir, denn Monsieur Gélin, der Besitzer, hatte mir freie Hand gelassen, und ich hatte Bombengeschäfte gemacht, zum Großteil dank Albert, der mir die Autos beschaffte. Um die Käufer kümmerte ich mich: Ich hatte ein kleines Büro für Public Relations aufgemacht, weil wir die Kunden nicht in der Werkstätte empfangen konnten, ein winziges, aber sehr elegantes Büro in der Avenue Foch, einer feinen Gegend – Wartezimmer und holzgetäfeltes Büro, zwei Lederfauteuils, imitierter antiker Schreibtisch, an der Tür ein Messingschild: *Pégase. Voitures de luxe.* Zweimal die Woche öffnete ich das Büro, entsprechend den in der Werbung angegebenen Zeiten, und für gewöhnlich langweilte ich mich zu Tode, denn pro Monat kam so zirka ein Kunde, aber wir brauchten nur sieben oder acht Wagen pro Jahr zu verkaufen, und wir machten das große Geld; Albert trieb irgendwo alte Mühlen zu einem Spottpreis auf, und dann hatte er sich auch mit einer Werkstätte in Marseille in Verbindung gesetzt, die uns Museumsstücke zu lächerlichen Preisen lieferte. Man brauchte nur daran zu arbeiten, und die Arbeit war nicht wenig, aber sie gefiel mir, und inzwischen hatte ich auch einen Lehrburschen, den Sohn einer Cousine Alberts, einen aufgeweckten Jungen mit Händen aus Gold; er hieß Jacob und stammte ebenfalls aus Lothringen. Drei oder vier Jahre lang reparierten wir so ziemlich alles: Delage, Aston Martin, einen Hispano-Suiza, einen Isotta Fraschini, einen majestätischen weißen Cord und sogar einen Fiat Mefistofele Baujahr 1922, das schönste Rennauto der Welt, ein Torpedo ist das, kein Auto: die Imitation des Prototyps aus dem Jahr 1908, die Vierundzwanzig einen neuen Geschwindigkeitsrekord aufstellte. Unsere Kunden waren für gewöhnlich Amerikaner, die nach Paris kamen und historische Automobile kaufen wollten, Geldsäcke mit Europaspleen und einem erschreckenden Französisch, lauter kleine Fitzgeralds, genial und oberflächlich: Montmartre, Champagner und Sous le ciel de Paris. Auch das waren die Zeiten. Die Bomben und die Schlachtfelder hatten den Leuten einen Schrecken eingejagt, und jetzt wollten sie feiern, spüren, daß sie am Leben waren: Vergnügen wir uns und seien wir fröhlich, das Leben ist ein Geschenk, das man genießen muß, machen wir es nicht den dummen Jungfrauen nach. Wir hatten auch einen Ägypter, der unser bester Kunde geworden war, ein jovialer Fettsack, alle drei Monate verlangte er ein neues Auto; zu jedem Wechsel der Jahreszeiten eines, sagte er lachend wie ein Kind, und dann fuhr er sie regelmäßig zu Schrott, er soff wie ein Loch. Ich glaube, es hat ein schlechtes Ende genommen mit ihm, er wurde von der französischen Polizei verhaftet, den Grund habe ich nicht erfahren, angeblich aus politischen Motiven, was weiß ich. Albert hätte es gerne gesehen, daß ich heiratete, nimm dir eine Frau, Carabas, sagte er, du bist über dreißig, du brauchst eine anständige Frau, was macht ein Mann allein zu Hause, nachdem er ein Verdeck repariert hat, man wird schnell alt, du weißt ja, die Zeit verfliegt, ohne daß du es bemerkst. Er war ein kleiner Philosoph, der Albert, alle guten Mechaniker sind das, Sie glauben mir vielleicht nicht, Monsieur, aber wenn man ein Auto studiert, versteht man vieles: Das Leben ist ein Getriebe, ein Zahnrad hier, eine Pumpe da, und dann gibt es da einen Antriebsriemen, der die Teile miteinander verbindet und Energie in Bewegung umwandelt, genau wie im Leben; eines Tages würde ich gerne verstehen, wie der Antriebsriemen funktioniert, der die Teile meines Lebens verbindet, das Konzept ist dasselbe: Man bräuchte nur die Kühlerhaube zu öffnen, den summenden Motor zu studieren und alles zu verbinden – die Momente, die Personen, die Dinge – und zu sagen: Das ist der Motorraum – meine Tage damals, das ist Albert – der Elektromotor, das bin ich – die Kolben mit der Explosionskammer, und das ist die Zündkerze, die den Zündfunken springen ließ, und nun alles an Bord, es geht los. Der Zündfunke war natürlich Miriam, Sie haben es bereits erraten, aber was könnte der Antriebsriemen gewesen sein? Nicht der unmittelbare Antrieb, denn der war ein Bugatti Royale, wie ich zu Albert sagte, sondern der wahre, geheime Antrieb, der alle Teile verbindet, und der einen Wagen auf genau diese Weise in Bewegung setzt, wie es damals war: mit seinem Rhythmus, seiner Frequenz, seinem Schwung, seiner Geschwindigkeit, und seinem Bremsverhalten.

Einem Bugatti Royale kann man nicht widerstehen, sagte ich zu Albert, ich fahre. Er sah mich an; er polierte gerade die Theke, und mir war, als schimmerte in seinen Augen ein Hauch von Melancholie: Du wirst Schwierigkeiten bekommen, sagte er, das weißt du besser als ich, aber ich verstehe dich, es ist dein Rennen, du hast bisher unbeweglich hinter der Startlinie gestanden, und die Piste vor dir lockt dich, der Faszination der Gefahr entkommt man nicht. Aber zuerst muß ich einen Schritt zurück machen, denn unser Gespräch, ich meine, zwischen mir und Miriam, war damit nicht beendet, als ich sagte, ich sei der Marquis von Carabas und verlasse nie meine Ländereien. Ich bitte Sie, machen Sie sich nicht lustig, sagte sie. Ich mache mich durchaus nicht lustig, sagte ich. Und da wiederholte sie: Ich bitte Sie, machen Sie sich nicht lustig. Und indem sie mit einer zerstreuten Geste ihr Glas nahm, als ob das, was jetzt kommen würde, das Natürlichste auf der Welt sei, sagte sie: Man will mich umbringen. Sie sagte es mit der Stimme einer Frau, die in ihrem Leben zuviel getrunken, zuviel erlebt und zuviel geliebt hat und deshalb jenseits der Lüge ist; ich sah sie an wie ein Idiot, ohne zu wissen, was ich antworten sollte, und dann bemerkte ich feige: Und was habe ich davon? Und da leerte sie hastig ihr Glas und verzog den Mund zu einem traurigen Lächeln, wie jemand, der gerade eine Illusion verliert: Sehr wenig, sagte sie, Sie haben recht, fast nichts, legte Kleingeld auf den Tisch, stand auf und strich sich mit ihrer müden Bewegung das Haar zurück. Entschuldigen Sie, sagte sie und ging. Ich rief sie nicht zurück, neben dem Glas lag eine Streichholzschachtel, auf der stand: Miriam, und daneben eine Telefonnummer. Und ich sagte mir: Besser, du läßt es bleiben. Aber am Samstag darauf lernte ich den Grafen kennen. Ich saß in meinem Büro in der Avenue Foch, es wurde bereits Sommer, und durch das Fenster sah ich das frische Grün der Bäume; ich las gerade ein Buch über einen italienischen Dandy, der um die Jahrhundertwende mit dem Auto nach Peking gefahren war, seinen Namen habe ich inzwischen vergessen, und irgendwann einmal kam der Graf. Ich wußte natürlich nicht, mit wem ich es zu tun hatte; er war ein korpulenter Mann mit einem rötlichen Spitzbart, nicht mehr ganz jung, blauer Blazer zu hellen Hosen, altertümliche Sonnengläser, Stock und Zeitung, vom Typ Bankier oder reicher Rechtsanwalt. Beim Hinsetzen stellte er sich vor und schlug unbeholfen die Beine übereinander, weil er zu dick war. Ich glaube, meine Frau ist mit Ihnen in Kontakt getreten, um Ihnen ein geschäftliches Angebot zu machen, sagte er langsam, ich würde diese Angelegenheit gerne zu Ende bringen. Seine Stimme klang gelangweilt, fast träge, als ob ihn die Sache nichts anginge und er diese Unannehmlichkeit so schnell wie möglich mit einem Scheck aus der Welt schaffen wollte. Wir haben ein altes Auto, sagte er, einen Bugatti Royale Baujahr 27, und meine Frau hat es sich in den Kopf gesetzt, damit nach Biarritz zu fahren, um an einer Rallye in San Sebastian teilzunehmen. Wie erwartet nahm er sein Scheckbuch heraus, schrieb eine Ziffer auf einen Scheck, die für mich mehr wert war als ein Bugatti, und unterschrieb. Sein Gesicht wurde noch gelangweilter, und ich spürte, wie ich Feuer fing, versuchte mich aber zu kontrollieren. In Frankreich gibt es jede Menge Chauffeure, wollte ich sagen, eine einfache Anzeige in der Zeitung, und die Diener stehen vor Ihrer Tür Schlange, und jetzt, wenn Sie entschuldigen, habe ich zu tun. Aber statt dessen sagte er: Ich möchte, daß Sie es ablehnen, meine Frau zu begleiten. Und hielt mir den Scheck hin. Er blieb mit dem Scheck zwischen den Fingern sitzen, denn ich starrte ihn verblüfft an, und zugleich spürte ich, daß an dieser Geschichte irgend etwas Geheimnisvolles war: Das alles war zu unklar und zu widersprüchlich. Ich wußte nicht warum, es war reiner Instinkt: Ich kenne Ihre Frau nicht, und mir wurde auch nie eine Arbeit angeboten, log ich, ich verstehe nicht, wovon Sie sprechen. Auch er war überrascht, dessen bin ich mir sicher, verlor aber nicht die Ruhe. Er zerriß den Scheck und warf ihn in den Papierkorb; in diesem Falle entschuldige ich mich für die Störung, sagte er, meinem Sekretär muß ein Irrtum unterlaufen sein, guten Tag. Kaum war er hinausgegangen, wählte ich die Nummer. Es meldete sich das Hôtel de Paris: Die Frau Gräfin und der Herr Graf sind ausgegangen, möchten Sie eine Nachricht hinterlassen? Es handelt sich um eine persönliche Nachricht, sagen Sie der Gräfin, der Marquis von Carabas hat angerufen, das genügt.

Es war wirklich ein Bugatti, ein Coupé de ville, ich weiß nicht, ob Ihnen das etwas sagt, Monsieur, ich kann mir vorstellen, daß es Ihnen nichts sagt. Ich holte ihn zusammen mit Albert in einer kleinen Garage am Quai d'Anjou ab: eine Holztür und dahinter ein moosbewachsener Hof, wie in einem englischen Haus, und darunter die Seine. Albert traute kaum seinen Augen: Das ist nicht möglich, sagte er immer wieder, das ist nicht möglich, und streichelte die schlanken, langgezogenen Kotflügel; ich weiß nicht, ob Sie das verstehen, Monsieur, aber bei einem Bugatti, da denkt man an einen Frauenkörper: an eine auf dem Rücken liegende Frau mit ausgestreckten Beinen. Es war ein prächtiges Exemplar, die Karosserie in hervorragendem Zustand, und auch die Polsterung aus Samtdamast war noch recht ordentlich, kaum ein paar Mottenlöcher und ein Riß. Das Problem waren die Räder und die Auspuffrohre, zumindest auf den ersten Blick. Der Motor schien unter der langen Ruhepause nicht gelitten zu haben, er wartete bloß darauf, aus seinem Winterschlaf geweckt zu werden. Das gelang uns auch, und wir brachten den Wagen in die Werkstatt. Der Elefant auf der Kühlerhaube fehlte, das war die einzige böse Überraschung, denn man kann unmöglich eine Rallye mit einem Bugatti ohne Elefanten fahren. Vielleicht wissen Sie das nicht, oder Sie haben noch nie darauf geachtet, aber auf der Motorhaube, auf dem äußersten Punkt des Kühlers, hatte der Bugatti die Statue eines Elefanten aus Silber. Er war eine Skulptur von Rembrandt Bugatti, des Bruders von Ettore, und er war nicht nur ein Markenzeichen, wie die geflügelte Viktoria des Rolls oder der Schwan des Packard, sondern ein richtiges Symbol, geheimnisvoll und verschlüsselt wie alle Symbole: ein auf den Hinterbeinen stehender Elefant mit aufgerichtetem Rüssel, der zu einem Angriffs- oder Paarungsschrei ansetzt. Eine allzu simple Assoziation? Vielleicht. Aber stellen Sie sich einmal vor: ein auf dem Rücken liegender Bugatti Royale, hinten etwas höher als vorne, mit nach vorne gespreizten Querrudern, zum Geschwindigkeitsrausch bereit, mit diesem traumhaften Kühlergrill: ein Rechteck, hinter dem die Energie und das Leben pulsieren, und darauf ein Elefant mit aufgerichtetem Rüssel.

Ich wollte mich vorerst heraushalten, Albert rief im Hôtel de Paris an, für den Fall, daß die Gräfin wußte, was aus dem Elefanten geworden war; er war schlicht und einfach verschwunden; ach was, beim Teufel, sagte Albert, der Wagen steht schon zu lange, sie haben gesagt, wir sollen eine Kopie machen. Und so mußten wir in diesen drei Wochen eine Lösung finden, während wir den Motor und die Karosserie auf Hochglanz brachten. Ein Zylinder mußte geschliffen werden, aber das war keine Hexerei. Der Tapezierer war ein Junge mit einem Laden in der Rue le Peletier, ein Schlaukopf, er ließ sich die alten Stoffe von Schwestern in einem Kloster reparieren, niemand eignet sich für Geduldsarbeiten besser als Klosterfrauen, glauben Sie mir, sie machten den Damast wie neu, die ganze Arbeit auf der Rückseite, ein Gewirr von Fäden, wie in einer Telefonzentrale. Das Schlimmste war der Elefant. Eine Art Bildhauer wäre bereit gewesen, eine Tonkopie herzustellen, die man auf Metall hätte trimmen können, aber durch die Stöße auf der Straße hätte sie Risse bekommen, das war unmöglich. Dann fiel Albert ein Kunsttischler ein, der im Stadtviertel Marais wohnte, ebenfalls ein Lothringer, es fällt mir schon auf, daß diese Geschichte voller Lothringer ist, ein alter Mann, der naturalistische Schnitzarbeiten machte. Die Fotos von dem Elefanten beschafften wir uns mit Leichtigkeit und brachten sie dem Alten zusammen mit den Maßen, und wir trugen ihm auf, eine detailgetreue Kopie herzustellen. Dann war da noch das Problem der Verchromung, aber das Resultat war akzeptabel. Sicher, wenn man die stehende Figur betrachtet, sah man, daß es eine Fälschung war, aber bei fahrendem Wagen war sie wie echt. Der Morgen der Abfahrt war ein Ereignis. Albert ging völlig in der Rolle des Vaters auf und fragte mich, ob ich dieses bräuchte und an jenes dächte. Am Tag zuvor hatte ich mir einen Lederkoffer gekauft, der Wagen und die Reise waren einen Lederkoffer wert, eine Jacke aus cremefarbenem Leinen, eine zweite aus Rauhleder und ein Halstuch aus italienischer Seide. Als ich vor dem Hôtel de Paris vorfuhr, öffnete mir ein livrierter Portier mit einer Verbeugung die Wagentür, ich trug ihm auf, die Gräfin zu benachrichtigen, und fühlte mich wirklich wie der Marquis von Carabas. Ein Gepäckträger brachte einen kleinen Koffer und ein Necessaire, sie kam in Begleitung ihres Mannes herab, grüßte mich zerstreut und stieg im Fond ein. Das war die erste Überraschung des Tages, denn ich fürchtete mich vor der Begegnung mit dem Grafen, oder besser gesagt, sie war mir nicht angenehm, aber er grüßte mich, als wären wir einander noch nie begegnet, er bluffte perfekt. Es war ein Montag gegen Ende Juni. Wir sehen uns in einer Woche in Biarritz, meine Liebe, sagte er freundlich, wenn du willst, kannst du deinen Chauffeur zum Bahnhof schicken, mein Zug kommt um zwanzig Uhr fünfunddreißig an, sonst sehen wir uns im Palais. Ich legte den Gang ein, und sie warf ihm durch das Fenster einen kurzen Gruß mit der Hand zu.

Die zweite Überraschung war, als sie sagte: Nehmen Sie die Nationalstraße Nummer Sechs, und der Ton ihrer Stimme. Es war ein trockener, entschiedener Ton, wie von einem starken Willen oder einer Phobie diktiert, und ich entgegnete: Das ist aber nicht die Straße nach Biarritz. Ich möchte eine andere Straße nehmen, antwortete sie trocken, und wäre Ihnen dankbar, wenn Sie keine Einwände machten. Und dann gab es noch eine dritte Überraschung, denn als ich sie im ›Chez Albert‹ kennengelernt hatte, war sie so schutzlos und offen gewesen, daß man glaubte, ihr das Leben am Gesicht ablesen zu können, und jetzt verbarg sie sich hinter einer Maske der Zurückhaltung und Würde, hinter der Rolle einer wirklichen Gräfin. Und dann war sie schön, gewiß, aber das war keine Überraschung: Aber an diesem Tag erschien sie mir von einer absoluten Schönheit, denn ich verstand, daß keine Schönheit auf der Welt die Schönheit einer Frau übertrifft, Sie verstehen, Monsieur, und das erzeugte in mir eine Art Manie. Und inzwischen glitt der Bugatti über die sanften Straßen Frankreichs, die gerade sind und kleine Erhebungen haben, wie es sie bei uns gibt: so einladend, von Platanen gesäumt. Hinter mir flog die Straße weg und vor mir öffnete sie sich, und ich dachte an mein Leben, an meine Apathie, an die Worte Alberts, und ich schämte mich dafür, noch nie die Liebe kennengelernt zu haben. Natürlich nicht die körperliche Liebe, die hatte es gegeben wie im Leben aller anderen, sondern die wirkliche Liebe, die in dir brennt und sich nach außen hin verbreitet, und die wie ein Motor Umdrehungen macht, während die Räder sich fortbewegen. Genau das spürte ich: eine Art Reue, wie das Bewußtsein von Mittelmäßigkeit oder Feigheit; meine Räder hatten sich bis zum heutigen Tag gedreht, langsam und träge, und hatten bereits einen langen Weg zurückgelegt, und ich erinnerte mich nicht einmal an eine Landschaft. Und jetzt fuhr ich wieder auf einer Straße, die nirgendwohin führte, in Begleitung einer schönen, fernen Frau, die vor was weiß ich flüchtete oder die was weiß ich aus dem Weg ging. Es war eine sinnlose Fahrt, das spürte ich, auf einer Straße, die genauso leer war wie alle anderen in meiner Vergangenheit, mitten in Frankreich. Das waren meine Gedanken in diesem Augenblick. Limoges war nicht mehr weit, wir waren mitten auf dem Land, und die Bauern arbeiteten in den Obstgärten. Limoges, dachte ich da, was hat Limoges mit meinem Leben zu tun? Ich fuhr an den Straßenrand und hielt an. Ich drehte mich zu ihr um und sagte: Hören Sie. Aber bevor ich fortfahren konnte, legte sie mir ganz sanft einen Finger auf die Lippen und murmelte: Sei nicht dumm, Carabas. Mehr sagte sie nicht, sie stieg aus und setzte sich nach vorne, neben mich. Fahr weiter, sagte sie, ich weiß, daß wir eine absurde Reise machen, aber vielleicht ist alles absurd, und ich habe meine guten Gründe.

Es ist ein seltsames Gefühl, in einer fremden Stadt anzukommen und zu wissen, daß du hier mit einer Leidenschaft lieben wirst, die du noch nie gekannt hast. Und so war es. Wir stiegen in einem kleinen Hotel in der Nähe des Flusses ab, was für ein Fluß durch Limoges fließt, weiß ich nicht mehr: ein Zimmer mit alten Tapeten und gewöhnlichen Möbeln, damals waren viele Hotels so, man braucht sich ja nur die Filme mit Jean Gabin anzusehen; Miriam bat mich, sie als meine Frau auszugeben, sie wollte ihre Personalien nicht angeben, und in dem Hotel war es ihnen egal, wer die Frau war. Vom Fenster aus sahen wir das Wasser und die Weiden, die Nacht war schön, und im Morgengrauen schliefen wir ein. Ich fragte sie: Wovor läufst du davon, Miriam, sag es mir bitte, was gibt es in deinem Leben? Aber sie legte mir den Finger auf die Lippen.

Eine absurde Fahrt, ich sagte es bereits: Zuerst fuhren wir hinunter nach Rodez, und dann in Richtung der albigensischen Weinberge, denn Miriam wollte eine Landschaft sehen. Ich dachte, ein Panorama, aber es war ein Bild, und wir fanden es. Und dann machten wir einen Bogen um Toulouse und fuhren nach Pau, weil ihre Mutter hier ihre Kindheit verbracht hatte, und es machte mir Spaß, mir ihre Mutter als Kind vorzustellen, als Zögling in einem Internat, das wir vergeblich suchten; zum ersten Mal dachte ich an die Kindheit der Mutter der Frau, mit der ich zusammen war, und es war ein neues und seltsames Gefühl. Und dann betrachteten wir die Häuser von Pau und den prächtigen Stadtplatz, die Mansarden mit ihren kleinen, weißen Fenstern, die an den Schieferdächern kleben, und ich stellte mir einen Winter in dieser Stadt vor, hinter einem dieser Fenster, und am liebsten hätte ich zu ihr gesagt: Hör zu, Miriam, vergessen wir alles und ziehen wir hierher, einen Winter lang, in eine Stadt, in der uns niemand kennt, hinter eines dieser Fenster.

Als wir in Biarritz ankamen, war es Samstag, und die Rallye sollte am nächsten Tag stattfinden; ich hatte gedacht, wir würden ins Hôtel Palais gehen und zwei Zimmer nehmen, aber sie entschied sich für ein anderes Hotel, für das Hôtel d'Angleterre, und ließ sich unter meinem Namen eintragen, auch in Luxushotels fragt man die Damen nicht nach ihren Papieren. Sie versteckte sich, das war eindeutig: Und mir fiel wieder die Besessenheit ein, mit der sie bei unserer ersten Begegnung diesen seltsamen Satz gesagt hatte; bisher hatte sie sich geweigert, darüber zu sprechen, und jetzt legte ich ihr die Hände auf die Schultern und blickte ihr in die Augen; wir standen am Strand von Biarritz, die Sonne ging gerade unter, und die Möwen saßen auf der Erde, Schlechtwetterzeichen, heißt es, ein paar Kinder spielten im Sand; ich möchte es wissen, sagte ich, und sie antwortete mir: Morgen wirst du alles wissen, nach dem Rennen, morgen abend, verabreden wir uns hier am Strand, und jetzt machen wir eine Runde mit dem Auto, ich bitte dich, frag nicht weiter.

Für das Rennen waren historische Kostüme vorgeschrieben, die Fahrer mußten sich im Stil der Epoche kleiden, aus der ihr Wagen stammte, und ich hatte mir ein Paar Knickerbocker und eine weiße Schirmmütze gekauft; das ist albern, sagte ich zu Miriam, das ist kein Rennen, sondern eine Modenschau, aber sie meinte, nein, ich würde schon sehen. Es war kein wirkliches Wettrennen, aber beinahe. Die Strecke verlief entlang der Küstenstraße und war voller Kurven, die zum Atlantik hin steil abfielen: Bidart, Saint Jean de Luz, Donibane, bis San Sebastian. Wir starteten in Dreiergruppen, die das Los entschied, ohne daß auf die Art der Autos Rücksicht genommen wurde, aber es war ja ein Zeitrennen, und die Berechnung würde aufgrund des Hubraums erfolgen. Mit uns starteten ein Hispano-Suiza Baujahr 28, die »Boulogne«, und ein feuerroter Lambda Baujahr 32, ein prächtiges Ding, nicht umsonst fuhr Mussolini einen Lambda, aber auch der andere war nicht schlecht, sehr elegant, mit seinem flaschengrünen Verdeck und der langen, verchromten Kühlerhaube. Wir starteten unter den ersten, um zehn Uhr morgens. Es war ein schöner Atlantiktag, mit einer frischen Brise und schnell dahinjagenden Wolken am Himmel. Der Hispano-Suiza schoß davon wie eine Rakete, lassen wir ihn, sagte ich zu Miriam, ich will nicht mit den anderen um die Wette fahren, wir holen sie ein, wann es mir paßt. Der Lambda hatte sich gemächlich hinter uns gereiht. Der Fahrer war ein Junge mit schwarzem Schnurrbärtchen und in Begleitung eines jungen Mädchens, reiche Italiener höchstwahrscheinlich, die uns zulächelten und uns hin und wieder ein »Ciao« zuriefen. In den Kurven bis Saint Jean de Luz hielten sie sich hinter uns, dann überholten sie uns bei Hendaye, an der Grenze, und auf der Geraden nach Donibane fuhren sie langsamer. Es kam mir komisch vor, daß sie gerade auf der Geraden bremsten, den Hispano-Suiza hatten wir bereits bei Irun überholt, und jetzt hieß es Gas geben, und ich rechnete damit, daß der Lambda dasselbe tun würde. Statt dessen ließ er sich anstandslos überholen, zirka hundert Meter fuhren wir Seite an Seite, und das Mädchen lachte und winkte; sieh dir diese Spaßvögel an, sagte ich zu Miriam. Am Ende der Geraden rückten sie uns wieder auf die Pelle. An dieser Stelle gibt es eine schlimme Doppelkurve, die wir am Vortag ausprobiert hatten und die mir noch lebhaft in Erinnerung war. Miriam schrie, als sie bemerkte, daß sie uns immer näherkamen und uns zum Abgrund hin drängten. Ich bremste und beschleunigte schlagartig, aus reinem Instinkt, denn es gelang mir, sie von hinten zu erwischen: ein kurzer, trockener Aufprall, aber er genügte. Der Lambda geriet auf die linke Fahrbahnhälfte, wo er zirka zwanzig Meter lang den Erdwall streifte – ich verfolgte das Ganze im Rückspiegel – er verlor einen Kotflügel an einem Pfahl, drehte sich zur Straßenmitte und schleuderte wieder auf die linke Seite, wo er, inzwischen langsam geworden, vor einem Kieshaufen zum

Stehen kam. Es war ihnen natürlich nicht viel passiert. Ich war von Kopf bis Fuß in Schweiß gebadet, in kalten Schweiß. Miriam klammerte sich an meinen Arm. Nicht stehenbleiben, sagte sie, bitte, nicht stehenbleiben. Ich fuhr weiter, San Sebastian lag direkt zu unseren Füßen, ich glaube, niemand hatte die Szene beobachtet. Nachdem wir durchs Ziel gegangen waren, fuhr ich in die im Freien aufgebaute Box, stieg aber nicht aus. Es war Absicht, sagte ich, sie haben es absichtlich gemacht. Miriam war leichenblaß, sie schwieg, wie versteinert. Ich gehe zur Polizei, sagte ich, ich werde den Vorfall anzeigen. Ich bitte dich, murmelte sie. Aber verstehst du denn nicht, schrie ich, sie wollten uns umbringen. Miriam sah mich an, mit gleichzeitig verstörtem und flehendem Ausdruck. Kümmere du dich um den Wagen, sagte ich dann, laß die Stoßstangen geradebiegen, ich mache ein paar Schritte. Ich stieg aus und schlug die Tür hinter mir zu; der Wagen hatte nichts Besonderes abbekommen, es hätte auch ein schlimmer Traum sein können. Ich lief durch San Sebastian, irrte über die Strandpromenade – San Sebastian mit seinen weißen Jugendstilhäusern ist eine schöne Stadt –, und dann ging ich in ein riesiges Café mit Wänden voller schwarzgewordener Spiegel, in eines dieser Cafés, die es nur in Spanien gibt, wo man auch zu essen bekommt, und aß einen Teller gegrillten Fisch.

Miriam wartete im Auto auf mich, in der Nähe der Boxen. Sie hatte sich wieder gefaßt und sich das Make-up erneuert, der Schreck war verflogen, die Mechaniker hatten die Stoßstangen geradegebogen, das Rennen war vorbei, die Leute verliefen sich. Ich fragte sie, ob wir gewonnen hätten. Ich weiß es nicht, sagte sie, ist auch egal, fahren wir ins Hotel zurück. Ich achtete nicht auf die Uhrzeit, es mußte ungefähr drei Uhr nachmittags sein. Bis Irun schwiegen wir beide; an der Grenze ließen sie uns mit einem Wink passieren, als sie sahen, daß wir ein Auto von der Rallye waren, und wir waren wieder in Frankreich. Und da fiel es mir auf. Es fiel mir aus reinem Zufall auf, weil wir die Sonne im Rücken hatten und mich die Reflexe auf der Skulptur derart irritierten, als blendete mich ein Spiegel. Auch am Morgen, bei der Hinfahrt, hatten wir die Sonne im Rücken gehabt, aber die Reflexe störten mich nicht, weil das Holz die Verchromung teilweise absorbiert hatte, die dadurch stumpf geworden war. Ich hielt an, brauchte aber nicht einmal auszusteigen und nachzusehen, denn ich war mir mehr als sicher. Man hat den Elefanten ausgewechselt, sagte ich, das da ist eine Metallstatue, aus Stahl oder Silber oder was weiß ich, jedenfalls ist es eine andere. Und dann fiel mir noch etwas ein: Es war bloß so eine Idee, eine etwas absurde Idee, aber ich sprach sie aus: Ich möchte wissen, was da drin ist. Miriam sah mich an und wurde blaß. Sie war genauso wächsern wie vorher, als wir den Unfall hatten, und ich glaube, sie zitterte. Ich sage es dir heute abend, sagte sie, ich bitte dich, mein Mann kommt in wenigen Stunden, ich möchte weg von hier. Und da fragte ich sie: Ist es dein Mann, vor dem du Angst hast? Als wir uns kennenlernten, da hast du mir etwas anvertraut, erinnerst du dich? Hast du vor ihm Angst? Sie drückte mir die Hand, zitternd; fahren wir, sagte sie, ich bitte dich, verlieren wir keine Zeit, ich möchte ins Hotel zurück.

Wir liebten uns mit einer innigen, fast konvulsiven Leidenschaft, als begingen wir einen allerletzten, vom Lebenswillen diktierten Akt. Ich blieb wie betäubt zwischen den Laken liegen, ohne zu schlafen; ich verfiel in einen physischen Dämmerzustand, der dem Geist erlaubt, von einem Bild zum anderen zu schweifen, und vor meinen Augen zogen Albert und die Werkstätte Pégase vorbei, und dann der Stadtplatz von Pau und seine Mansarden, und ein kleiner Elefant aus Metall und dann eine Straße und ein Abgrund über dem Ozean; Miriam stand am Rande des Abgrunds, der Graf näherte sich lautlos und gab ihr einen Stoß, und sie stürzte ins Leere, und hatte die Tasche, die sie nic losließ, an die Brust gedrückt. Das war in etwa der Ablauf meiner Gedanken, und während Miriam aufstand und ins Bad ging, glitt mein rechter Arm zu Boden, auf der Suche nach der Tasche; ich öffnete sie vorsichtig, ließ die Hand hineingleiten und spürte den Kolben einer Pistole, die ich, ohne zu wissen warum, an mich nahm; ich erhob mich hastig und zog mich an. Ich sah auf die Uhr: Ich hatte alle Zeit der Welt. Miriam kam aus dem Bad und verstand sofort, machte jedoch keine Einwände. Ich sagte ihr, sie solle die Koffer packen und auf mich warten. Nein, sagte sie, ich erwarte dich am Strand, ich habe Angst, allein in einem Zimmer zu sein. Um halb zehn, sagte ich. Den Wagen gib mir, sagte sie, es ist vernünftiger, wenn du ein Taxi nimmst. Ich ging hinunter, bezahlte die Rechnung und nahm ein Taxi. Ein leichter Nebel senkte sich auf die Stadt. Ich ließ mich in der Nähe des Bahnhofs absetzen und irrte durch die Straßen; ich stellte mir vor, was ich sagen würde, und wußte ganz genau, daß ich es nicht wußte; es kam mir lächerlich vor, daß ich hier stand und auf einen Mann wartete, den ich in meinem ganzen Leben zweimal gesehen hatte – um was zu tun, um ihn zu bedrohen, um ihm zu sagen, daß ich wußte, daß er seine Frau umbringen wollte? Und daß, wenn er von seinem Vorhaben nicht abließ . . . Was würde ich tun, wenn er reagierte? Ich drehte und wendete den kleinen Revolver in meiner Tasche, der aussah wie ein Spielzeug; unter dem Bahnhofsdach warteten nur wenige

Menschen, der Lautsprecher kündigte die Ankunft eines Zuges an, ich versteckte mich mit gleichgültiger Miene hinter einer Säule auf dem Bahnsteig, denn er kannte mich ja. Ich dachte: Soll ich ihn hier stellen oder soll ich ihm auf der Straße folgen? Meine Hand, die mit dem Revolver spielte, war schweißnaß, und dann stiegen die Fahrgäste aus: eine Gruppe fröhlicher Spanier, eine Gouvernante mit zwei blonden Kindern, ein junges Ehepaar, ein paar Touristen – wenige Menschen. Und schließlich öffneten die Bahnhofsbediensteten, mit Besen und Wasserpumpen ausgerüstet, alle Türen und begannen mit den Reinigungsarbeiten. Ich brauchte ein paar Sekunden, bis ich begriffen hatte, daß er nicht in diesem Zug war, und als ich es begriffen hatte, packte mich die Panik. Nicht gerade Panik, aber eine große Angst, und ich lief durch die Bahnhofshalle, nahm ein Taxi und ließ mich zum Hôtel de Palais bringen; ich hätte auch zu Fuß gehen können, aber ich hatte es eilig. Das Palais ist ein wunderbares Hotel, eines der ältesten in Biarritz, weiß und majestätisch, und trotz seiner riesigen Ausmaße nicht schwerfällig. Der Rezeptionsangestellte las aufmerksam das Register, von vorne nach hinten und von hinten nach vorne, wobei er den Finger über die Namen der Gäste gleiten ließ. Nein, sagte er, diese Person scheint nicht unter unseren Gästen zu sein. Vielleicht kommt sie erst, sagte ich, sehen Sie bitte auch unter den Vorbestellungen nach, es müßte ein Herr mit einer Dame sein. Er nahm das Register mit den Vorbestellungen und prüfte es nicht minder sorgfältig. Nein, mein Herr, es tut mir leid, aber wir haben keine Vorbestellung unter diesem Namen. Ich ließ mir das Telefon geben und rief im Hôtel d'Angleterre an. Die Dame ist kurz nach Ihnen abgereist, sagte der Portier. Sind Sie sich sicher? Ganz sicher, sie hat mir die Zimmerschlüssel gegeben und ist im Wagen weggefahren, der Kofferträger hat das Gepäck aufgeladen. Ich verließ das Palais und ging zu Fuß in Richtung Strand, er ist nur ein paar Schritte entfernt. Ich ging die Treppe hinunter, spazierte langsam über den Sand; es war halb zehn, der Nebel hatte sich gesenkt, und das Meer war angeschwollen, an manchen Sommerabenden ist es kalt in Biarritz. Dort, wo wir uns verabredet hatten, befand sich ein Strandbad mit einer Reihe von Liegestühlen. Ich setzte mich in einen davon und blickte aufs Meer hinaus. Ich hörte, wie es vom Glockenturm in Biarritz zehn schlug, und dann elf, und dann Mitternacht. Ich hatte noch immer die Pistole in der Tasche und war versucht, sie ins Meer zu werfen, aber dann war ich dazu nicht imstande, wer weiß wieso.

Wissen Sie, daß ich einmal sogar eine Anzeige in »Le Figaro« aufgegeben habe? *Verlorener Elefant sucht Bugatti Baujahr 27*. Komisch, nicht? Aber das war vor langer Zeit, inzwischen kommt es mir lächerlich vor. Ah, Sie haben mir zuviel zu trinken gegeben, Monsieur, aber was das Trinken anbelangt, so bin ich bei Ihnen in guter Gesellschaft. Wissen Sie, manchmal, wenn man ein wenig getrunken hat, wird die Wirklichkeit einfach, die Leere zwischen den Dingen schließt sich, alles stimmt überein, und man sagt: Ich hab's. Wie im Traum.

Aber warum interessieren Sie sich eigentlich für die Geschichten der anderen? Sie sind wohl auch unfähig, die Leere zwischen den Dingen zu füllen. Genügen Ihnen nicht die eigenen Träume?

Zauber

Schau, das sind zum Beispiel die Beine meines Vaters, ich nenne ihn Konstantin Dragases, das war der letzte Kaiser von Byzanz, ein tapferer und unglücklicher Mann, der, von allen verraten, einsam auf der Bresche vor der Stadt starb, aber du glaubst, es sind einfach zwei Beine aus Zelluloid, ich habe sie letzte Woche am Strand gefunden, das Meer schwemmt manchmal Teile von Puppen an, ich habe die beiden Beine gefunden und sofort gewußt, daß es sich um Papa handelte, daß er mir von dort, wo er jetzt ist, das Bild seiner Beine geschickt hat, um meiner Erinnerung nachzuhelfen, das habe ich *gespürt*, verstehst du?

Und ich sagte, ja . . . nun . . ., sicher verstand ich, aber wir könnten doch auch ein anderes Spiel spielen, ein Spiel im Freien, im Garten, im Haus schliefen sie alle, und es war so abenteuerlich, sich hinauszuschleichen, wenn die anderen ihr Mittagsschläfchen hielten und das Haus in absoluter Ruhe lag. Und wenn ihr wirklich nicht danach war, konnten wir uns ja auch bäuchlings auf den Teppich in ihrem Zimmer legen und *Das Phantom in der Oper* lesen, diesmal würde ich mucksmäuschenstill sein und sie nicht beim Vorlesen stören, ich verspreche es, ich hatte es so gern, wenn sie las und ihre Stimme neben meinem Ohr säuselte, es war wie in einem Traum: Ich werde dein ergebener Zuhörer sein, ich schwöre es, meine kleine Clelia. Und in diesem Augenblick wußte ich, daß ich alles verdorben hatte, ohrfeigen hätte ich mich können: diese verdammte Unachtsamkeit, die mich Clelia immer mit Melusine verwechseln ließ, der unglücklichen Hexe.

Durch das eine Brillenglas warf sie mir einen wilden Blick zu, und dann nahm sie diese lächerliche Brille ab, deren zweites Glas mit einem Stück Pappe abgedeckt war, und ließ ihren »linken Sehfehler«, der erheblich schlechter wurde, wenn sie sich ärgerte, ungehindert kreisen. Die Worte waren von großer Bedeutung für Melusine, wie oft mußte sie das wiederholen? Denn die Worte *sind* die Dinge; gewiß, gewiß, sie brauchte es nicht zu wiederholen, ich hatte sehr gut verstanden, sie waren die in reinen Ton umgewandelten Dinge, ihr Phantasma, und mit den Dingen dieser Welt mußte man sehr vorsichtig sein, sie sind empfindlich, einverstanden. Aber wie hätte ich ihr begreiflich machen sollen, daß ihr Schielen nicht beleidigt sein würde, wenn sie es einfach »Schielen« nannte und nicht »linker Sehfehler«? Es war nicht einmal sehr auffällig, solange sie sich nicht aufregte, und dann hatte sie lange, blonde Haare, und mir gefiel sie trotzdem, und es war mir auch egal, daß sie kein Talent zur Gymnastik hatte, das hätte ich ihr gerne gesagt. Aber jetzt, nach dem unverzeihlichen Fehler, sie Clelia genannt zu haben, wäre es eine Katastrophe gewesen, von ihrem mangelnden Talent zur Gymnastik zu sprechen. Man stelle sich vor: Clelia. So nannte sie die Tante Esther, fast haßte sie sie dafür, aber es war ja die Tante Esther, die man nicht einmal mit einigem guten Willen hassen konnte, denn wie soll man jemanden wie meine Mutter hassen?, fragte mich Clelia, wie um meine Zustimmung zu erlangen; ganz richtig, antwortete ich sofort und sehr erleichtert, die Tante Esther kann man nicht hassen, sie ist zu gut. Dumm ist sie, korrigierte sie, dumme Menschen kann man nicht hassen, mein Haß gilt den intelligenten und schlauen Menschen. Und ich verstand, auf wen sie anspielte, und zog es vor, das Thema zu wechseln. Nicht, daß es mich beunruhigte, es interessierte mich vielleicht nicht einmal sehr, ich hätte lieber im Garten gespielt, immerhin war ich nur drei Jahre jünger als sie, meine Gesellschaft war doch nicht zu verachten. Und dann den ganzen Tag im Haus, im Dunkeln, bei den Puppen, glaubst du, das tut dir gut? Hat sich der Arzt nicht ausgebeten, daß du Sport treibst und viel an der frischen Luft bist?, fragte ich sie. Ich blickte aus dem Fenster, und es überkam mich fast wie ein quälendes Bedürfnis der übermächtige Wunsch, in den Pinienwald zu laufen. Ich dachte an die früheren Sommer und glaubte zu wissen, daß es nie wieder so sein würde; und auch auf den Sohn der Portiersleute konnte ich nicht mehr zählen: In einem einzigen Jahr war er in die Höhe geschossen, und unter der Nase wuchs ihm ein feiner Flaum, er rauchte heimlich hinter der Garage und fuhr mit dem Fahrrad die Küstenstraße entlang, er hieß jetzt Ermanno und basta, niemals würde er sich bereiterklären, für *Mandrake* den *Lotar* zu spielen, ich traute mich nicht einmal, es ihm vorzuschlagen. Binnen kurzem war alles anders geworden. Aber was alles, und warum? Ich erinnerte mich, wie Clelia *Diana* gewesen war, die Verlobte des *Mannes mit der Maske*, oder die schreckliche *Königin Maona*, die Beschwörerin der Schlangen, und wie Ermanno und ich versucht hatten, das Geheimnis ihrer Elixiere zu ergründen: Und fast kam es mir lächerlich vor, so wie ich verstand, daß es ihr lächerlich vorkam, ihr, die jetzt im Halbdunkel ihres Zimmers lag und Gaston Leroux, Arsène Lupin und *Der Kuß einer Toten* las. Unsere Fluchten in den Pinienwald, die Raubzüge durch das Gestrüpp, das Meer, das man von den Dünen aus sah: alles vorbei, ich spürte es. Jetzt gab es nur noch die Spaziergänge am Strand, zwei Stunden Langeweile unter dem Sonnenschirm, und am Samstag abend ein Eis am Tisch des Strandbades Andrea Doria. Und danach wieder ein Tag wie jeder andere, und es waren erst zehn Tage vergangen und der Sommer schien kein Ende zu nehmen. Und zuerst hatte ich mir gedacht, ich würde dem Papa einen Brief schreiben, aber was für eine Ausrede sollte ich mir einfallen lassen, damit er mich holen kam – vielleicht, daß ich nicht länger hierbleiben wollte? Und konnte ich ihm das erzählen, was Clelia mir über ihren neuen Vater anvertraut hatte? Nein, ich hatte es sogar geschworen, und ich mußte ihn Onkel Tullio nennen und freundlich zu ihm sein, was er übrigens auch zu mir war: Wenn er am Samstag kam, brachte er immer zwei Schachteln mit, eine für mich und eine für Clelia, und in Clelias Schachtel war immer eine Puppe, denn Clelia mochte Puppen, sie sammelte sie, auch wenn sie nicht mehr damit spielte. Und übrigens, was hätte ich sagen sollen? Mir gefiel der Onkel Tullio so gut, er war der fröhlichste Mensch auf der Welt, wenn er kam, ging es im Haus endlich nicht mehr wie bei einem Begräbnis zu, am Samstag abend ging er mit uns auf ein Eis ins Strandbad Andrea Doria, und ich durfte sogar zwei Portionen essen, inklusive einen Coup Nero, mit Sauerkirschen. Und auch seine Art, sich zu kleiden, gefiel mir sehr gut: so elegant, mit der Leinenjacke und der Fliege; er und die Tante Esther waren wirklich ein schönes Paar, auf der Strandpromenade drehten sich die Leute nach ihnen um, und ich freute mich für die Tante Esther; sie kann doch nicht zeitlebens Witwe bleiben, hatte die Mama gesagt, meine Schwester hat gut daran getan, ein neues Leben zu beginnen, die Ärmste. Und das hätten alle gesagt, die sie auf der Strandpromenade spazierengehen sahen, mit ihrem schönen, blauen Kleid und den Haaren, die so kurz waren wie die eines jungen Mädchens: eine glückliche Frau am Arm ihres Mannes, die die Schrecken des Krieges vergessen hatte. Auch die Leute schienen den Krieg vergessen zu haben, alle waren sie glücklich am Meer, und ich – ich erinnerte mich gar nicht daran: Als die Bomben fielen, kam ich gerade auf die Welt. Aber von innen gesehen, war das Leben der Tante Esther nicht sehr glücklich, das wußte ich wohl: vom ersten Tag an, als ich angekommen war und sie mich ins Wohnzimmer rufen ließ, wo das Spinett stand (aber warum empfing sie mich hier wie einen angesehenen Gast?), und mich bat, diesen Sommer recht fröhlich zu sein, recht, recht fröhlich: Du mußt spielen, viel spielen, ich flehe dich an, mein Junge, Das war eine ziemlich komische Bitte, denn ich war ja extra gekommen, um schöne Ferien zu verleben, wie alle vorhergehenden Sommer auch. Und dann, warum rang die Tante Esther so die Hände? Sei lieb zu meiner kleinen Clelia, ich bitte dich, bleib in ihrer Nähe, spiel mit ihr! Und sie stürzte aus dem Zimmer, als würde sie gleich zu weinen beginnen.

Mit Clelia spielen. Leicht gesagt. Und dabei wäre es ein Leichtes gewesen in diesen außergewöhnlichen Tagen, die dem furchterregenden Sturm folgten, der das Dach kaputtgemacht hatte und den Sand bis ins Wohnzimmer dringen ließ, durch ein Loch, das eine Blumenvase in die Glaswand der Veranda geschlagen hatte. Aber einen Tag gab es da *Das Geheimnis des gelben Zimmers* und den nächsten *Carmilla, die Königin des Hexen-Sabath*, und dann die vielen Puppen in den Regalen, und das Zimmer, das immer im Halbdunkel lag: Mir fielen keine Spiele mehr ein, mein Vorrat war erschöpft. Die Tante Esther hatte immer glänzende Augen und einen leicht abwesenden Blick, nach dem Mittagessen zog sie sich auf ihr Zimmer zurück und blieb dort den ganzen Nachmittag, und dann wanderte sie ein wenig mit betrübtem Blick durch das Haus, bis sie sich ans Spinett setzte und lustlos die Polonaisen von Chopin spielte. So blieb mir nichts anderes übrig, als auf Zehenspitzen von einem Zimmer ins andere zu schleichen, auf der Suche nach einer Idee, und dabei versuchte ich, diesem Griesgram von Flora aus dem Weg zu gehen, die mich vorwurfsvoll ansah, denn meine Frau Tante brauchte Ruhe und ich tat alles, um sie zu stören: Warum ging ich nicht ein wenig Luftschnappen in den Park, ha?

Es war eine Offenbarung. Denn alles konnte ich mir vorstellen, nur das nicht. Und im Augenblick war ich perplex, aber wenn man darüber nachdachte, war es durchaus glaubwürdig: Ich erinnerte mich an die Tante Esther vor zwei Jahren, eine lustige und lebhafte Frau, und so energisch; sie fuhr sogar mit dem Rad zum Strand, mit mir und Clelia auf dem Gepäckträger, und wenn wir im Strandbad ankamen, war sie ganz rot und erhitzt, und ihre Augen leuchteten: Im Handumdrehen hatte sie sich in der Kabine umgezogen, und hinein ins Wasser, sie schwamm wie ein Fisch. Es mußte etwas Bedeutendes geschehen sein, etwas Unglaubliches, um sie derart zu zerstören. *Das* war geschehen, sagte Clelia zu mir, verstehst du nicht? Sicher verstand ich, aber wer war es gewesen? Das Auge Clelias kreiste wie verrückt, ein Zeichen äußerster Nervosität, aber ihr Mund blieb verschlossen, als hätte sie Angst, diesen Namen auszusprechen, aber das brauchte sie gar nicht, ich hatte trotzdem verstanden. Aber verhext war nicht der richtige Ausdruck, sagen wir lieber *besessen*, denn die Magie war das Werk eines teuflischen Wesens. Fast hätte ich gelacht: der Onkel Tullio als Satan, komm, mit seiner Fliege und der Pomade in den Haaren, er, der so wohlüberlegt war und so feine Manieren hatte, unter uns gesagt, ich war mir sicher, daß ihn mein Vater sogar lächerlich fand. Nun gut, da das meine Meinung war, wollte ich die Wahrheit wissen, wollte ich erfahren, wozu dieses Wesen mit den öligen Haaren und dem diabolischen Lächeln imstande war, wollte ich es wirklich wissen? Er hatte ihren Vater umgebracht, ja, der schöne Tullio mit der Fliege, er hatte alles verursacht. Das heißt, nicht gerade mit eigenen Händen, natürlich nicht: Aber es war fast, als ob, denn er hatte ihn an die Deutschen verraten, sie besaß den Beweis, einen Brief, sie hatte ihn auch abgeschrieben, wenn ich wollte, würde sie ihn mir zeigen, und warum das alles, wußte ich warum? Um ihre Mutter, diese Törin, zu behexen, um sich ihrer Güter und ihres Lebens zu bemächtigen, das war der Grund. Und das erschien mir nun doch als zuviel, allein der Gedanke war unmöglich, aber ich machte keine Einwände, denn das Auge Clelias kreiste in schwindelerregender Weise, und die Tante Esther hatte mir ans Herz gelegt, sie nicht zu ärgern, das schadete ihrer Gesundheit, konnte eine Krise hervorrufen; aber in der Nacht konnte ich nicht schlafen, ich träumte vom Onkel Tullio, der einen Trenchcoat trug und ein Exekutionskommando befehligte; auf seinen Lippen lag das übliche, hübsche Lächeln, und hinter dem Kragen seines Trenchcoats lugte die Fliege hervor; und der Verurteilte war der Onkel Andrea, den ich nie kennengelernt hatte, aber ich konnte ihn auch nicht richtig sehen, er stand weit weg, an einer Mauer, aber ich wußte trotzdem, daß es der Onkel Andrea war, denn er schrie: Ich bin der Papa von Clelia. Dieser Schrei weckte mich mitten in der Nacht, der Park war voller Zikaden und die Küstenstraße menschenleer, und ich blieb wach und hörte wer weiß wie lange dem Murmeln des Meeres zu, vielleicht bis zum Morgengrauen. Und am Morgen war alles wie immer, und es kam mir absurd vor, daß ich dem Papa hatte schreiben wollen; das Haus war so schön, so licht; Tante Esther hatte mir den Vorschlag gemacht, sie bei den

Einkäufen für das Wochenende zu begleiten, Clelia arbeitete an einer Wachspuppe und war bester Laune, morgen würde Onkel Tullio kommen, und sicher würde er mit uns auf ein Eis ausgehen, im Freilichtkino lief *Der Sohn Tarzans*, vielleicht gingen wir Sonntag abends hin, und ein Versprechen hatte immerhin auch einen Sinn, und ich hatte Clelia Treue und Schweigen versprochen.

Onkel Tullio kam mit einem schwarzen Kätzchen, das einen weißen Fleck auf der Stirn hatte, und ich fand, es sei ein allerliebstes Tierchen. Es saß in einem mit Tuch ausgelegten Strohkörbchen, war winzig klein, das Ärmste, man mußte ihm die Milch mit einem Löffel einflößen, es hatte eine rosa Masche um den Hals und hieß Cecè; es war für Clelia bestimmt; vielleicht zerstreut es sie ein wenig, hörte ich Onkel Tullio zur Tante Esther sagen. Ich erinnere mich an das gequälte Lächeln Clelias, als sie die Treppe herabkam, an den beunruhigten Blick, den sie mir heimlich zuwarf, an die rasche Handbewegung, die ich zwar bemerkte, aber nicht zu entschlüsseln vermochte – eine Geste, die wohl bedeutete: Bleib ruhig, laß dir keine Angst einjagen. Aber wovor denn? Und ich erinnere mich auch an das Lächeln der Tante Esther, das ebenfalls gequält war, oder besser gesagt, ängstlich: Sie fürchtete, Clelia könne keinen Gefallen an dem Kätzchen finden, sie könne einen Einwand haben. Aber Clelia fand, es sei ganz entzückend, ein richtiges kleines Wollknäuel; und sie war ganz gelassen, sie bedankte sich anmutig und fast wie nebenbei: Aber sie fühle sich heute nicht wohl, und dann sei sie mit einer Wachspuppe beschäftigt, die sie fertigmachen müsse, fürs erste könne sich Flora um das Kätzchen kümmern, die Katzen fühlen sich ja wohl in der Küche, es ist ihr Lieblingsplatz. Später, in ihrem Zimmer, erfuhr ich den Grund. Einen Grund, der mir gar nicht gefiel; jetzt reichte es aber wirklich, ich wollte nichts mehr davon hören, im Ernst, vielleicht würde ich sogar meinem Vater schreiben, er solle mich abholen, und warum wollte sie mir unbedingt Angst machen? Das schien ihr wohl zu gefallen. In genau diesem Augenblick begann Flora zu schreien: Es war ein Schrei, so durchdringend wie das Geräusch eines Bohrers, und dann ein Klageruf, ein Hilfeschrei – ein Weinen, ein Schluchzen, das wie ein Röcheln klang; Clelia drückte mir die Hand und sagte: Oh Gott; und dabei sprach sie unverständliche Worte aus und machte seltsame Gesten, und ich begriff, daß etwas Schreckliches geschah, etwas schrecklich Geheimnisvolles und Abstoßendes; Clelia nahm die Brille ab und legte sie aufs Bett, als fürchtete sie, sie könne sie zerbrechen, ihr linkes Auge begann wie verrückt zu kreisen, noch nie hatte ich es so herumwirbeln sehen, und ich spürte die Angst in mir hochkriechen wie Fieber: Clelia war leichenblaß geworden und hatte die Hände zu Fäusten geballt, dann verzerrte sie den Mund wie zu einem Grinsen, das ihre Zähne freilegte, und sie fiel nach hinten und blieb starr auf dem Boden liegen, zuckend, als ginge ein elektrischer Strom durch sie hindurch, und ich lief Hals über Kopf die Treppe hinab: Ich erinnere mich, wie ich in die Küche stürzte und mir wegen des riesigen Ölflecks auf dem Boden, den ich zu spät bemerkte, fast das Genick brach, ich erinnere mich an Tante Esther und Onkel Tullio, die der Flora, die stöhnend auf einem Stuhl saß, die Strümpfe abzustreifen versuchten, ich erinnere mich an das Entsetzen, als ich sah, daß die Strümpfe Hautfetzen mit sich rissen und braune Flecke auf den Beinen zurückließen, ich erinnere mich an mein Stottern, an meine Unfähigkeit, mich zu artikulieren, an das Ekelgefühl in meinem Mund: bis ich mit ganzer Kraft herausschrie, daß Clelia im Sterben liege, und zu weinen begann.

Der nächste Tag war ein Tag des Schweigens. Clelia sah mich ruhig an, als wäre nichts geschehen, als wäre sie am Vorabend nicht beinahe gestorben. Die Sonne drang durch das geöffnete Fenster in ihr Zimmer, es war später Vormittag, das Haus schien in Erwartung zu ersticken. Verstand ich nun endlich, daß der gräßliche Unfall, der Flora zugestoßen war, eigentlich ihr gegolten hatte? Und wollte ich noch immer gehen? Wollte ich meinem Vater schreiben und sie allein in diesem Haus zurücklassen, ja, würde ich das tun?

Der Tag verging langsam und zäh. Wir aßen ein kleines Mittagessen, sehr spät, denn Tante Esther und Onkel Tullio verbrachten den Vormittag im Krankenhaus und kamen mit Flora zurück, deren Beine bis oben verbunden waren. Es waren Verbrennungen zweiten Grades. Vom *Sohn Tarzans* war natürlich keine Rede mehr, und wer hatte denn auch noch Lust dazu? Gegen Abend fuhr Onkel Tullio in die Stadt zurück, und das Leben ging weiter wie vorher, mit dem kleinen Unterschied, daß man jetzt auf der Hut sein mußte, sehr auf der Hut, denn die Gefahr hing über uns, und vielleicht mußte man so bald wie möglich etwas tun. Aber warum hing sie über *uns*? Das hätte ich gerne gewußt: Warum war auch ich betroffen, ich, der ich gar nichts damit zu tun hatte, es war doch ihr, Clelias, Problem. Und dann, was war dieses *Etwas*, das man so bald wie möglich tun mußte? Mein Herz schlug laut. Die Abenddämmerung brach an, und die Zikaden zirpten wie verrückt; es war, als säße eine auf dem Fensterbrett und füllte das Zimmer mit reinem Klang. Ich betrachtete die vielen Puppen in den Regalen, sie gefielen mir nicht, sie hatten etwas Böses, Bedrohliches; der vorsichtig unter dem Bett hervorgezogene Koffer: Ich wollte nicht hineinsehen, ich wollte lieber weggehen, wirklich, bitte, Melusine. Die Zikade war mit einem Schlag stillgeworden, ihr Schweigen unterstrich die Stille des Hauses, des Parks, des ruhigen Abends. Wir mußten sofort handeln, verstand ich denn nicht, der heimtückische Mechanismus hatte sich in Gang gesetzt, es hatte Flora getroffen, aber Flora war nicht gemeint gewesen, das wußte sie sehr gut, und ich wußte es auch; so mußten wir es machen, da schau, du kleiner Idiot, so eine Puppe, aus Wachs, ich habe sie heute nacht gemacht, sperr den Mund nicht auf wie ein Idiot, es ist nur ein Tier, meinst du, es sieht ihr ähnlich? Und dann plötzlich ein kleines Lachen über meinen Ausruf, haha, was heißt hier Cecè, du Dummkopf, das Tier, das er mir gegeben hat, heißt nicht Cecè, diesen Namen hat er ihm nur gegeben, um solche Esel wie dich zu täuschen, jetzt sage ich dir, wie es wirklich heißt: Matagot, ja wirklich, das ist sein Name, sieh mich bitte nicht an, als ob ich verrückt wäre, das halte ich nicht aus, ich weiß, der Name sagt dir nichts, ist auch egal, aber mich täuscht er nicht; du weißt nicht, wer Matagot ist, das ist auch ganz normal, das wissen nur die wenigsten: die Katze von Belzebub, die beiden sind immer zusammen, sie geht zu seiner Linken, drei Meter vor ihm, um das Böse für ihren Herrn vorzubereiten, gib mir den Brieföffner. Sie sah die niedliche Puppe an, als wäre sie verseucht, und dabei hatte sie sie selbst gemacht, die Ärmste, sie war wirklich Cecè, sie war ihr hervorragend gelungen, aber verstand ich denn wirklich nicht, das Böse hing über uns, sicher, mein armer Idiot, auch über dir, der du dastehst, als hättest du einen Besenstiel verschluckt. Gib acht, du darfst das Opfer nicht mit den Händen berühren, nur mit dem Werkzeug, jetzt heb es auf, und hör auf, es Cecè zu nennen, sonst machst du alles zunichte, versuch dich lieber zu konzentrieren und sprich mir im Geiste nach: Dies, mies, jasquet, benedo, efet, douvema, enitemaus. Sie stach der Puppe mit dem Brieföffner in den Hals, senkrecht, und der Kopf löste sich glatt vom Körper, ohne daß das Wachs zerbröckelte: bloß ein paar Risse, wie in einer von einem Stein durchschlagenen Glasscheibe; Clelia nahm sich das weiße Tuch vom Kopf und löschte die Kerze, aber ich hatte kein Wort nachgesprochen; morgen werden wir sehen, sagte sie, der Zauber ist vollbracht.

So begann das Spiel, wie in einem Carmilla-Roman. Und endlich hatte auch ich eine Aufgabe, ich brauchte nicht mehr den ganzen Tag im Wohnzimmer herumzuhängen. Aber der Tag nach dem Spiel war gar nicht so aufregend, wie ich angenommen hatte; meine Aufgabe bestand einfach darin, Cecè nicht aus den Augen zu lassen, nicht einmal einen Augenblick, das war alles, und wenn ich auch der große Bote der Priesterin Melusine war und Cecè der teuflische Matagot, so war sie noch immer eine Katze und wie eine solche benahm sie sich auch, wie eine dumme, geheimnislose Hauskatze. Einen Teil des Vormittags verbrachte sie dösend in ihrem Körbchen, was mich dazu zwang, mehrmals in die Küche zu laufen oder mich in ihrer Nähe herumzutreiben, wodurch ich den Argwohn dieser dummen Flora erregte, die in mir eine was weiß ich für wie große Gefahr für ihre Marmeladen sah, als schmeckten mir diese klebrigen Melassen, die sie in der Speisekammer eifersüchtig bewachte. Gegen Mittag ließ Cecè sich herab, ihr Körbchen zu verlassen; Flora hatte ihr eine Schüssel Milch hingestellt, offensichtlich war sie ihr wegen des Unfalls nicht böse, und Cecè leckte lustlos den Rand der Schüssel ab, wie ein verzogenes Kind. Und dann fuhr sie fort, eine alles andere als diabolische Katze zu spielen: Sie rollte sich mit ausgestreckten Pfötchen auf den Rücken, um ein Objekt ihrer Katzenphantasie mit den Krallen zu fassen. Clelia hatte mir versprochen, mich vor dem Mittagessen kurz abzulösen, aber sie hielt ihr Versprechen nicht, und ich fand mich damit ab, auf dem Diwan in der Eingangshalle zu sitzen und so zu tun, als läse ich die Kinderenzyklopädie, und dabei die Küchentür nicht aus den Augen zu lassen. Schließlich trug Flora auf und rief zu Tisch, Tante Esther kam mit einem Strauß Geranien aus dem Garten, den sie auf die Konsole in der Eingangshalle stellte, und in der Küche schrillte metallisch und heiser die Klingel aus dem oberen Stockwerk. Ich wußte natürlich schon, was das bedeutete, und die Tante Esther auch; und Flora kam auch tatsächlich mit düsterem Gesicht die Treppe herunter: Das Fräulein Clelia fühlte sich nicht wohl und wollte in ihrem Zimmer speisen, Tante Esther senkte seufzend den Kopf über den Teller, und ich legte mir die Serviette auf die Knie. Es war ein schweigsames Mahl, wie immer. Es gab Melone und Schinken, und die Melone war so süß, daß ich gerne noch eine zweite Schnitte gegessen hätte, aber Tante Esther aß lustlos die ihre; sie hatte sie in winzige Würfel geschnitten und führte sie mit einer unglaublichen Langsamkeit zum Mund, während sie mit abwesendem Blick das Tischtuch fixierte. Und dann erhob sie sich und sagte, sie ginge sich jetzt ein wenig ausruhen, auch ich täte gut daran, jetzt nicht ins Freie zu laufen, das Licht sei hart und die Sonne schade der Verdauung, wir sähen uns um sechs zur Jause. Flora hörte auf, in der Küche mit den Töpfen zu klappern und ging auf die Veranda hinter der Küche, sicher in Richtung des Liegestuhls, in dem sie während der heißen Stunden ihr Schläfchen hielt. Die Pendeluhr schlug zweimal, und der Nachmittag erhob sich ungeheuer wie ein

See aus Licht und Schweigen, das nur vom Zirpen der Zikaden unterbrochen wurde. Ich dachte aufs neue daran, Papa zu schreiben, er solle mich abholen. Aber würde er mir antworten? Und wenn der Brief mit dem Vermerk »unbekannt« zurückkam? Was würde Clelia sagen? Wer weiß, was für eine Geschichte sie sich einfallen lassen würde; sicher würde sie sagen, mein Vater sei nicht wie der ihre, nicht wie Konstantin Dragases, der ihr sogar das Bild seiner Beine schickte, um ihrer Erinnerung nachzuhelfen; meiner war gleichgültig gegenüber jeglicher Botschaft, vollkommen unerreichbar. Was für eine Vorstellung. Aber warum sollte mir Papa nicht antworten? Sicher würde er mir antworten. Ich hole dich sofort ab, mein kleiner, ängstlicher Junge, würde er sagen, ich verstehe, daß dieses Haus nicht für deine Ferien geeignet ist, nächsten Samstag nehme ich den ersten Zug, oder, noch besser, ich kaufe mir einen roten Aprilia, so einen, wie du ihn vor dem Strandbad Andrea Doria gesehen hast; ich weiß, daß dir dieses Auto gefällt und daß du darauf wartest, mich früher oder später mit so einem Auto kommen zu sehen, also gut, ich kaufe mir ein schönes Auto, und komme dich sofort holen. Und wenn ich diesen Samstag nicht kommen kann, dann komme ich übernächsten, also keine Angst, früher oder später bin ich bei dir. Cecè schlüpfte aus der Küchentür und sah sich um. Sie schien nicht recht zu wissen, was tun, und ich rührte mich nicht, ich tat, als schliefe ich. Sie verfolgte eine Fliege in der Luft, drehte sich ein paarmal im Kreis, und dann blieb sie verwirrt stehen und marschierte in Richtung Treppe. Und wenn sie hinaufging? Der Gedanke ließ mir den kalten Schweiß ausbrechen. Ich konnte mir das Durcheinander vorstellen, das darauf folgen würde: Clelias Schreie, vielleicht eine Krise. Ich mußte Cecè daran hindern. Ich durfte sie jedoch nicht berühren, daran hatte Clelia keinen Zweifel gelassen: Sie berühren hieß den Zauber brechen, und außerdem war sie gefährlich. Zum Glück drehte Cecè um, sie bepfötelte den Fußabstreifer unter der Treppe, schärfte ihre Krallen daran und begann wie verrückt dem eigenen Schwanz nachzulaufen. Dann war sie plötzlich mit drei fröhlichen Sprüngen an der Eingangstür und lief in den Park hinaus. Ich folgte ihr, weniger aus Neugierde, als um etwas zu tun: Der Nachmittag versprach leer und träge zu werden, und es war überflüssig, Papa zu schreiben, denn früher oder später würde er mit einem roten Auto kommen, er hatte meinen Wunsch erhört, ach, warum hatte es bloß Krieg gegeben? Besser, nicht daran denken und den Nachmittag genießen, und das Schauspiel, das diese dumme Katze bot, die über alle Maßen dumm war, aber aus demselben Grund auch komisch: Mit ein paar Sprüngen verfolgte sie einen Schmetterling, sorglos, und landete in einem Rosenstrauch. Das gefiel ihr gar nicht, und sie machte einen wütenden Buckel, als würde sie von einem Hund attackiert. Ich knurrte leise, um die anderen im Haus nicht zu stören, aber es war laut genug, um sie zu erschrecken und die Haare aufstellen zu lassen. Dumme Minikatze, die es einer ausgewachsenen Katze gleichtun wollte. Plötzlich warf sie sich zur Seite und lief zur Gartenmauer. Ich begriff, daß sie flüchtete, und versuchte sie zu besänftigen: Cecè, Cecè, komm her, Miezchen, aber schon war es zu spät: Sie schlüpfte durch die schmiedeeisenen Ornamente des Gartentors und lief über die Straße. Ich sah den Unfall mit einer beängstigenden Langsamkeit ablaufen, wie die Zeitlupenaufnahmen, die ich im Kino gesehen hatte. Der Mann auf der Vespa kam gemächlich auf der rechten Fahrbahnhälfte daher, Cecè saß unentschlossen am Straßenrand, der Mann ahnte ihre Unentschlossenheit und wich vorsichtshalber zur Straßenmitte aus, in Richtung des weißen Streifens; in diesem Augenblick schnellte Cecè los, blieb aber in der Straßenmitte stehen, der Mann pendelte wieder nach rechts, Cecè saß unbeweglich in der Straßenmitte, aber dann überlegte sie es sich anders, und genau in dem Augenblick, als die Vespa nur noch ein paar Meter entfernt war, kehrte sie um: Die Vespa schleuderte und zog einen erschreckenden Bogen, um Cecè nicht zu überfahren, erwischte sie aber trotzdem, auch wenn sie sie nur streifte; Cecè sprang miauend zurück und schlüpfte wehklagend und hinkend durch das Tor; der Mann auf der Vespa zog eine Art Schleife, zum Glück kam ihm auf der Gegenfahrbahn niemand entgegen, dann entglitt ihm die Lenkstange, die sich um die eigene Achse drehte; der Seitenflügel der Vespa knirschte funkensprühend über den Asphalt, der Mann flog auf mich zu und überschlug sich zwei-, dreimal, bis er vor dem Lichtmast liegenblieb. Er stand sofort wieder auf, und ich sah, daß es nichts Schlimmes sein konnte, obwohl sein Zustand beängstigend war: zerrissene Hose, ein Knie geschwollen und die Hände blutig. Flora, die aufgewacht war, als die Vespa gegen die Mauer krachte, kam als erste gelaufen; sie stürzte sich auf den Mann und führte ihn herein, dann kam auch Tante Esther, Clelia nicht, sie stand wohl hinter den Persianen ihres Zimmers und kam nicht herunter, gewiß war sie zu Tode erschreckt, ich konnte mir schon vorstellen, was sie sagen würde.

Daß die Gefahr immer mehr über uns hing, daß alles schlimmer war als zuvor, daß man den wahren Schuldigen treffen mußte: Genau das mußten wir tun, und übermorgen war schon Samstag. Der Koffer, der aufs neue unter dem Bett hervorgezogen wurde, ihre dünnen Hände mit den abgenagten Fingernägeln, die das weiße

Kleid dieser komischen Puppe mit der Fliege in Ordnung brachten, ein kleines Lachen: Gefällt sie dir? Gefällt sie dir? Erinnert sie dich nicht an jemanden? Da, jetzt nehmen wir diesen Faden, Knoten müssen wir machen, einen Knoten hier, einen Knoten da, du wiederholst mit mir dieses Wort, nicht so, du Dummkopf, mit Überzeugung, sonst funktioniert es nicht. Und dann die Nadel, die sie wie einen Dolch führte, auf der Suche nach dem geeigneten Körperteil: die Augen, das Herz, der Hals, wir mußten uns entscheiden, wozu riet ich ihr? Zu nichts, wozu sollte ich ihr raten, zu nichts riet ich ihr, zu nichts hätte ich ihr raten wollen, inzwischen war das kein Spiel mehr wie in den vorhergehenden Jahren, kein x-beliebiges Spiel mehr, um die Sommertage zu verbringen.

Am Samstag abend ging Onkel Tullio mit uns ins Strandbad Andrea Doria. Leider lief *Der Sohn Tarzans* nicht mehr, und den neuen Film durften wir nicht sehen, weil er für Minderjährige verboten war, aber der Spaziergang war trotzdem schön, auch deshalb, weil Clelia mit uns gekommen war. Tante Esther strahlte, das Glück stand ihr ins Gesicht geschrieben. Wir blieben bis spät in die Nacht, denn die Kapelle hatte zu spielen begonnen, Tante Esther wollte ein Frappé, und ich und Clelia setzten uns zwischen die Topfpalmen und hörten *Mamma solo per te la mia canzone vola* und sammelten die Deckel der Recoaro-Flaschen ein, auf denen die Trikots der Fußballmeisterschaft abgebildet waren. Dann tanzten Tante Esther und Onkel Tullio auf dem von Palmentöpfen gesäumten Podium, und wir gingen auf der Strandpromenade nach Hause; es war ein wunderschöner Abend, die Allee war kühl und ruhig, Tante Esther und Onkel Tullio gingen eingehängt und forschen Schrittes, während Clelia vor sich hin trällerte, als wäre sie glücklich. Ich fühlte mich wie in einen der früheren Sommer zurückversetzt, als alles noch vor uns lag, und am liebsten wäre ich zur Tante und zum Onkel gelaufen und hätte sie umarmt oder meinem Vater geschrieben, daß er mich nicht zu holen brauchte, daß er meinen Wunsch, ihn mit einem roten Auto vorfahren zu sehen, gar nicht beachten sollte, es war nicht mehr wichtig, ich war auch so glücklich. Dann packte mich Clelia am Ärmel und sagte: Morgen geschieht es, halte dich bereit.

Aber am nächsten Tag geschah gar nichts, und es war ein herrlicher Vormittag. Wir gingen alle zusammen in die Neunuhr-Messe, um nicht in die Hitze zu geraten, Tante Esther hatte etwas Migräne, von den Torheiten von gestern abend, sagte sie zerknirscht, aber die Augen leuchteten ihr vor Freude, Flora hatte eine Fischsuppe gekocht, und als wir zurückkamen, zog ein appetitlicher Geruch durch das Haus. Cecè in ihrem Körbchen erholte sich prächtig, und Flora war ganz aus dem Häuschen, weil im Don Bosco ein Film mit Yvonne Sanson lief, ihrer Lieblingsschauspielerin. Ein Mittagessen wie dieses hatte es schon lange nicht mehr gegeben: so fröhlich und gesellig. Dann ging Tante Esther auf ihr Zimmer und sagte, wir sähen uns um sechs zur Jause, Onkel Tullio hatte in der Garage zu tun, wenn ich ihn begleiten wollte, durfte ich die Verteilerkappe abschrauben; ich warf Clelia einen Blick zu, konnte aber nicht in Erfahrung bringen, ob ich ohne Risiko akzeptieren durfte; es hätte mir solchen Spaß gemacht, die Verteilerkappe abzumontieren, aber ich wollte Clelia nicht beunruhigen, und so sagte ich, ja, gut, ich würde sehr gern sein Hilfsmechaniker sein, aber nicht zu lange, denn ich und Clelia, wir läsen gerade ein spannendes Buch und wollten es heute fertiglesen, und als ich das gesagt hatte, war ich in Schweiß gebadet. Aber Onkel

Tullio bemerkte es nicht, er war so zufrieden mit dem Tag, in der Garage streifte er Gummihandschuhe über, um sich die Hände nicht schmutzig zu machen, und öffnete die Kühlerhaube: Das ist der Zylinderkopf, das ist der Dynamo, das ist der Ventilator, das sind die Zündkerzen, und jetzt gib mir die Tasche mit dem Werkzeug, die rechts auf der Bank liegt, siehst du, um die Kappe abzuschrauben, brauchen wir nur auf diese beiden Federn zu drücken, dann schrauben wir mit dem Schraubenzieher die beiden Schrauben heraus, ja genau, sehr gut, gib acht, daß du nicht zu fest anziehst, sonst reißen die Drähte. Es war ein schönes Auto – sicher, es war nicht so funkelnagelneu wie der Aprilia von Papa, aber es war durchaus nicht zu verachten, es machte leicht seine hundertzehn, und ich blieb bis um vier in der Garage. Dann ließ ich ihn über den Motor gebeugt zurück und ging ins Haus. Flora schlief wohl im Liegestuhl hinter der Küche, am Abend würde sie ins Kino gehen und gewiß wollte sie nicht riskieren, auf dem Höhepunkt des Filmes einzuschlafen, Cecè lag in der Eingangshalle unter dem Diwan und streckte ab und zu den Kopf hervor; ich stieg auf Zehenspitzen die Treppe hinauf und klopfte leicht an Clelias Tür; alles läuft wie am Schnürchen, sagte sie und machte eine unverständliche Geste, ich glaube, er hat noch keinen Verdacht geschöpft, was meinst du? Ich sagte ja, das meine auch ich, er ahne von nichts, aber, nun, sollten wir es uns nicht noch einmal überlegen, Onkel Tullio sei so nett, und unser Spiel werde langsam etwas . . . etwas Böses, Entschuldigung, aber das sei meine Meinung. Clelia sah mich an und schwieg, das Haus schwieg, und auch der Lärm von der Küstenstraße her war wie ausgelöscht, ich hätte viel darum gegeben, ein Lebenszeichen von jemandem zu vernehmen – von Tante Esther, von Flora, von Cecè – aber kein Laut war zu hören, und selbst das Geräusch meines Atems machte mir Angst. Denn jetzt gab es keine Möglichkeit mehr umzukehren, das mußte ich verstehen, alles war vollbracht, alles war bereit, es fehlte nur noch eine Stunde bis zum festgelegten Zeitpunkt, die Zeiger rückten unaufhörlich vor, tick-tack, tick-tack, die Pendeluhr in der Eingangshalle. Und da sagte ich: Ich gehe hinunter. Aber als ich es sagte, war was weiß ich wieviel Zeit verstrichen, ich saß auf dem Teppich, vor dem halboffenen Fenster, und vielleicht hatte ich geträumt oder träumte noch immer: Papa fuhr mit einem roten Auto über die Küstenstraße und lächelte mir zu, das heißt, er lächelte in den Wind, aber sein Lächeln galt allein mir, und ich saß da auf dem Boden und wartete auf ihn, und gleichzeitig sah ich ihn und winkte ihm, damit er stehenbliebe. Dann berührte mich Clelia an der Schulter und sagte: Gehen wir, und ich folgte ihr die Treppe hinunter, als wäre ich woanders, im Speisezimmer hatte Flora bereits den Tisch für die Jause gedeckt, lautlos, ohne ein Geräusch verursacht zu haben: Die Teekanne stand da und die Karaffe mit der Limonade, die Kekse und das Toastbrot; Clelia setzte sich und ich auch, Flora kam eilfertig herein und sagte, die Großen kämen gleich und wir sollten inzwischen anfangen, Onkel Tullio kam fröhlich lächelnd aus dem Garten herein, und Flora ging die Treppe hinauf, um Tante Esther zu rufen, sie klopfte an die Tür auf dem Treppenabsatz, dann ging sie hinein und sagte mit lauter Stimme: Signora, der Tee ist serviert; ich bestrich ein Stück Brot mit Butter, und da begann Flora zu schreien. Sie stand auf der Schwelle zu Tante Esthers Zimmer und preßte eine Hand auf den Mund, als wolle sie sich am Schreien hindern, aber aus ihrer Kehle drang ein neuer Schrei, erstickt und schrill, wie ein Schrei des Entsetzens und der Verzweiflung; Clelia warf im Aufspringen eine Tasse um und setzte an, nach oben zu laufen, aber Onkel Tullio hinderte sie daran; auch er war aufgesprungen und sah Flora mit offenem Mund an, und dann hielt er Clelia fest und drückte sie an sich, als wolle er sie beschützen, und ich sah, daß sie die Brille abgenommen hatte und ihr Auge herumzuwirbeln begonnen hatte; sie warf mir einen entsetzten Blick zu, auf ihrem Gesicht lag ein Ausdruck von Entsetzen und Ekel, und gleichzeitig von Ohnmacht, als flehte sie mich lautlos um Hilfe an. Aber wie konnte ich ihr helfen, was sollte ich tun? Meinem Vater schreiben? Oh ja, das hätte ich gern getan, aber mein Vater war nicht wie Konstantin Dragases, er schickte mir nicht einmal das Bild seiner Beine, um meiner Erinnerung nachzuhelfen.

Any where out of the world

Wie die Dinge so laufen. Und was sie lenkt. Ein Nichts. Manchmal beginnt es mit einem Nichts, mit einer Phrase, die sich in dieser riesigen Welt voller Phrasen, Dinge und Gesichter verliert, in einer großen Stadt wie dieser, mit ihren Plätzen, der U-Bahn, den Menschen, die aus den Büros hasten, den Straßenbahnen, den Autos, den Parks und dann der ruhige Fluß, auf dem in der Dämmerung die Schiffe in Richtung Mündung gleiten, dort wo sich die Stadt nach unten hin zu einer winkeligen weißen Vorstadt ausdehnt, mit großen leeren Pfützen zwischen den Häusern wie dunkle Augenhöhlen, einer spärlichen Vegetation und kleinen schmutzigen Cafés, winzigen Restaurants, wo man im Stehen essen und die Lichter am Horizont beobachten kann, oder an einem der roten, ein wenig verrosteten Eisentischchen sitzen, die auf dem Gehsteig klappern, und dann die Kellner mit müden Gesichtern und fleckigen, weißen Kitteln. Manchmal laufe ich in dieser Gegend herum, am Abend, nehme eine Straßenbahn, die langsam die Avenida und die Gäßchen der tiefgelegenen Stadtteile hinunterfährt, in die Uferpromenade einbiegt, wo sie mit den Schleppkähnen ein altes Wettrennen zwischen Asthmatikern aufzunehmen scheint, die neben ihr, jenseits der Brüstung, dahingleiten, so nahe, daß man sie mit der Hand berühren könnte. Alte Telefonkabinen stehen da, noch aus Holz, und manchmal steht jemand darin: eine alte Frau, der man den früheren Wohlstand ansieht, ein Eisenbahner, ein Matrose, und ich denke: Mit wem mag er wohl sprechen? Dann macht die Tram eine Runde über den Platz des Marinemuseums, es ist ein kleines Plätzchen mit drei hundertjährigen Palmen und Steinbänken, hin und wieder spielen ein paar arme Kinder hier die Spiele armer Kinder, wie in meiner Kindheit: Sie machen Seilspringen oder hüpfen in mit Kreide auf den Boden gezeichnete Kästchen. Ich steige aus und beginne mit den Händen in der Tasche meinen Spaziergang, mein Herz klopft, ich weiß nicht warum, vielleicht wegen dieser einfachen Musik, die aus dem Café dringt, es muß ein altes Grammophon sein, es spielt abwechselnd einen Walzer in F-Dur und einen Fado auf Ziehharmonika, und ich denke: Ich bin hier und niemand kennt mich, ich bin ein anonymes Gesicht in einer Menge von anonymen Gesichtern, genauso wie hier könnte ich woanders sein, es ist dasselbe, und das entzündet in mir eine brennende Sehnsucht, gibt mir das Gefühl einer schönen und überflüssigen Freiheit, wie eine nicht erwiderte Liebe. Und dann denke ich auch: Niemand weiß es, niemand ahnt es, niemand verdächtigt mich, ich bin hier, ich bin frei, wenn ich will, kann ich mir sogar vorstellen, nichts sei geschehen. Ich betrachte mich in einem Schaufenster. Sehe ich vielleicht aus wie jemand, der sich etwas hat zuschulden kommen lassen? Ich richte mir den Knoten der Krawatte, streiche mir die Haare zurück. Ich sehe gut aus, vielleicht ein wenig müde, vielleicht ein wenig traurig, für die anderen einer, der sein Leben gelebt hat, aber kein besonderes, ein x-beliebiges Leben, mit guten und mit schlechten Seiten, und das hinterläßt Spuren, wie in jedem anderen Gesicht auch. Aber ansonsten sieht man nichts. Und auch das gibt mir das Gefühl einer schönen und überflüssigen Freiheit, wie wenn man sich lange etwas vorgenommen und es endlich getan hat. Und jetzt, was tun? Nichts, nichts tun. Setz dich in dieses Café, an diesen Tisch, streck die Beine aus; bringen Sie mir bitte eine Orangenlimonade und ein paar Mandeln, danke, schlag die Zeitung auf, du hast sie aus reiner Apathie gekauft, die Nachrichten interessieren dich nicht, Sporting hat im Kampf um den Meisterpokal gegen Real Madrid unentschieden gespielt, der Preis der Krustentiere steigt, die Regierungskrise scheint abgewehrt, der Bürgermeister hat den Flächenbebauungsplan bewilligt, in dessen Rahmen eine Fußgängerzone für das historische Zentrum vorgesehen ist; man wird zwischen diese und jene Straße Blumentöpfe stellen und aus diesem Teil der Stadt eine Oase zum Spazierengehen und Einkaufen machen; im Norden des Landes ist ein Bus in einen Laden an einer Straßenecke gefahren, dem Fahrer war schlecht geworden, er starb sofort, nicht durch den Aufprall, sondern am Herzinfarkt; sonst sind keine Opfer zu beklagen, nur enorme Sachschäden, der Laden wurde völlig zerstört, es war ein Laden für Bonbonnieren und sonstige Artikel für Hochzeiten und Kommunionen. Du überfliegst die Arbeitsmarktanzeigen, ohne besonderes Interesse, denn das Sprachinstitut zahlt gut, und dann bietet es auch den Vorteil der Arbeitszeit: nur fünf Stunden am Tag, zwei Schritte von zu Hause entfernt, und der Rest der Zeit gehört dir, du kannst spazierengehen, lesen, schreiben, was du immer schon gern getan hast, oder ins Kino gehen: die Filme der 50er Jahre, deine Leidenschaft; du könntest auch Privatstunden geben, wie einige deiner Kollegen, du müßtest nur lustlose Kinder aus guter Familie in Kauf nehmen, aber immerhin gegen Bezahlung. Wir werden sehen, man weiß ja nie: hin und wieder. Unternehmen Nahrungsmittelsektor sucht Vertreter mit ausgezeichneten Französisch- und Englischkenntnissen, Büro im Zentrum, Bewerbungen an Postfach 199. Schweizer Pharmaziebetrieb eröffnet Zweigstelle in der Stadt, perfekte Deutschkenntnisse, Bewerber mit abgeschlossenem Chemiestudium werden bevorzugt. Export-

Import Europa–Lateinamerika, Englisch- und Spanischkenntnisse Voraussetzung, Erfahrung in Buchhaltung erforderlich. Schiffahrtsunternehmen, Linie Bangkok – Hong Kong – Macao, Warenkontrolle und -auslieferung, Bereitschaft zu häufigem Ortswechsel. Ins Kino. Warum auch nicht, morgen ist dein freier Tag, du kannst dir erlauben, länger auszubleiben. Auch die Mitternachtsvorstellung. Zuerst ein kleiner Imbiß an der Mündung, im Porto de Santa Maria, nur süßsaure Krebse und Reis auf Kantonart; es gibt ein John Ford Festival, köstlich, du kannst dir alles noch einmal ansehen: *The Horse Soldiers*, ein wenig langweilig, *Rio Grande*, *A Yellow Ribbon*. Die Alternative dazu ist die französische Retrospektive, langsame Szenen und Intellektuelle mit Schal, und dann die Komplikationen der Duras, nein, uninteressant. Irgendwo läuft *Casablanca*, Kino Alpha, nie gehört, das muß am Ende der Welt sein, unbekannte Straße. Aber was macht Ingrid Bergman, wenn sie in Lissabon ankommt und auf der Leinwand The End erscheint? Man müßte die Story weiterführen, hat ein Journalist geschrieben, ich kenne ihn, er ist in meinem Alter, schwarzer Schnurrbart und lebhafte Augen, er schreibt auch hervorragende Erzählungen. Aber du bist müde – vielleicht. Das kommt wohl von der feuchten Luft. Manchmal ist der Atlantik so, er bringt einen dichten Nebel, der dir in die Poren dringt und sie verstopft, und deine Beine fühlen sich an wie zwei Stücke Holz. Bringen Sie mir noch eine Orangenlimonade und ein paar Mandeln. Die Capitolgalerie legt Duke Jordan neu auf, eine Aufnahme von 1964, du errinnerst dich ganz genau, *Sultry Eve* und *Kiss of Spain*, Paris, Neunzehnhundertvierundsechzig, Brötchen und eine Eiseskälte, sie war noch lange nicht da, sie lag noch in weiter Zukunft. Und dann die persönlichen Anzeigen: Sie sind die interessantesten, die Menschen geben sich preis, indem sie sich kläglich hinter Euphemismen verstecken. Ach, der Schleier der Worte, was für ein Jammer. Witwe, ernsthaft, sucht dauerhafte Freundschaft. Drei Sonderanzeigen mit unentzifferbaren Abkürzungen in Großbuchstaben. Ein Pensionist, der sich vor Einsamkeit verzehrt. Die übliche Agentur für gelungene Verbindungen: Warum wenden Sie sich nicht an uns, um den Partner Ihres Herzens zu finden? Und dann, plötzlich, beginnt dir das Herz wie wild zu schlagen, tum tum tum, du spürst es im Hals, du glaubst, selbst die Gäste an den anderen Tischen könnten es hören, die Welt verliert ihre Umrisse, alles versinkt in einer stumpfen Trübheit, alles verlöscht: Lichter, Lärm, Rauschen; es ist, als hätte ein unnatürliches und unendliches Schweigen die Welt gelähmt; sieh dir den Satz noch einmal an, lies ihn noch einmal, du hast einen eigenartigen Geschmack im Mund, das ist unmöglich, denkst du, das ist ein schrecklicher Zufall; und dann wägst du das Wort »schrecklich« ab und denkst: Es ist nur ein Zufall, nur eine Koinzidenz, eine kleine Koinzidenz von tausend Koinzidenzen auf dieser Welt, etwas, das passiert. Aber warum passiert es dir? Das fragst du dich: und warum hier, an diesem Tisch, an diesem Ort, in dieser Zeitung? Das ist nicht möglich, denkst du, dieser Satz steht am falschen Platz: eine nicht eingeschmolzene Satzform, die in der Druckerei liegengeblieben ist, begraben unter anderen Satzformen, die ein unaufmerksamer Drucker irrtümlich hervorgezogen und unter die Anzeigen gesetzt hat; zu dieser Schlußfolgerung kommst du, und auch zu anderen, noch absurderen Schlußfolgerungen: Sie haben mir eine alte Zeitung gegeben, denkst du, ich habe irrtümlicherweise eine vier Jahre alte Zeitung gekauft, der Kleine am Kiosk hatte die Zeitung unter dem

Ladentisch, er hat bemerkt, daß ich zerstreut bin, und beschloß, mir eine alte Zeitung zu verkaufen, ein kleiner, dummer Betrug, verlier nicht die Ruhe. Du faltest die Zeitung, um das Datum auf dem Titelblatt zu lesen, und für die etwas peinliche Unbeholfenheit machst du die Meeresbrise verantwortlich, die die Seiten durcheinanderbringt, dich daran hindert, sie ordentlich zu falten; du bist nicht nervös, du bist ganz ruhig, sei ruhig. Es ist die Zeitung von heute, von diesem Heute, das du gerade lebst, dieses Jahres des gregorianischen Kalenders. *Any where out of the world.* Du liest den Satz zum zehnten Mal, das ist keine normale Anzeige, das ist ein heimliches Codewort, eine bezahlte Anzeige in der Abendzeitung, keine Postfächer werden darin erwähnt, keine Adressen, Namen, Firmen, Schulen, nichts. Nur das: *Any where out of the world.* Aber du brauchst auch nicht mehr zu wissen, denn der Satz reißt dich mit sich fort, so wie ein Hochwasser die Ablagerungen mit sich fortreißt, Wortgeröll, das deine Erinnerung klar und deutlich ordnet, mit einer Ruhe, die dich gefrieren läßt: »Cette vie est un hôpital où chaque malade est possédé du désir de changer de lit. Celui-ci voudrait souffrir en face du poêle, et celui-là croit qu'il guérirait à côté de la fenêtre.« Ihre Limonade, mein Herr, die Mandeln sind aus, möchten Sie vielleicht ein paar Pinienkerne? Du machst eine Geste mit der Hand, die weder ja noch nein bedeutet, nur stören soll man dich nicht, denn inzwischen betrachtest du die Küste, die Lichter haben sich für deine Augen und deine Erinnerung aufs neue entzündet, die Worte kehren zurück, auch sie entzünden sich in deiner Erinnerung, fast siehst du sie glänzen, sie sind kleine Scheinwerfer in der Nacht, sie leuchten in der Ferne und dennoch könntest du sie fassen, sie fänden Platz in deiner Hand. »Il me semble que je serais toujours bien là où je ne suis pas, et cette question de déménagement en est une que je discute sans cesse avec mon âme.« Du hast das Glas in die Hand genommen und trinkst mit kleinen Schlucken. Du erweckst den Eindruck eines stillen und ein wenig verträumten Gastes, der auf das Wasser und in die Nacht hinausblickt, wie die anderen Gäste an den anderen Tischen auch, du hast die Zeitung gefaltet und sie sorgsam auf den Tisch gelegt, mit dieser übertriebenen und peniblen Sorgfalt, wie sie manchmal Pensionisten eigen ist, die sich die Zeitung vom Friseur ausgeliehen haben und sie ihm zurückgeben müssen, du betrachtest sie mit zerstreuter Gleichgültigkeit, es ist nur eine Zeitung, die heutige Zeitung, die Nachrichten darin sind alt, denn der Tag ist vorbei, und irgendwo arbeitet bereits irgend jemand daran, eine neue Zeitung zu machen, mit Nachrichten, die in wenigen Stunden diese zu Worten geronnenen Nachrichten verdrängen werden, aber für dich bringt sie eine Nachricht, die gleichzeitig alt und brandneu ist, deren Aktualität dich beunruhigt, dich erschüttern würde, sobald du es zuließest, aber du läßt dich nicht erschüttern, du darfst dich nicht erschüttern lassen, bleib ruhig. Und erst jetzt achtest du auf das Datum: 22. September. Und du denkst aufs neue: Es ist eine Koinzidenz. Aber eine Koinzidenz womit? Eine unmögliche Koinzidenz, denn es gibt noch eine zweite Koinzidenz: Satz und Datum, gleicher Satz und gleiches Datum. Und unaufhaltsam, als besäße er eine Stimme in deiner Erinnerung, fast wie ein lästiger Kinderreim, den du schon vergessen zu haben glaubtest, bloß weil er so weit in der Vergangenheit zurückliegt, der jedoch nicht verschwunden war, sondern sich in einer tiefen Schlucht deines Selbst verborgen hatte, erwacht der Rhythmus dieser Seiten, und mit einmal steht ihre Phrasierung vor dir, beginnt zu tröpfeln, tick tick tick, stößt gegen eine Felswand, mit dumpfem Dröhnen, sucht sich eine Öffnung, wie eine Quelle sprudelnd, bricht durch und über dich herein; eine laue Flüssigkeit, die dich jedoch frösteln läßt, ein starker Strahl, der dich mit sich fortreißt, wirbelnd, es hat keinen Sinn, sich zu wehren, er ist gewaltig, brausend, unaufhaltsam, bricht durch unterirdische Tunnel, bahnt sich gewaltsam seinen Weg, trägt dich mit sich fort. »Dis-moi mon âme, pauvre âme refroidie, que penserais-tu d'habiter Lisbonne? Il doit y faire chaud, et tu t'y regaillardirais comme un lézard. Cette ville est au bord de l'eau; on dit qu'elle est bâtie en marbre ... Voilà un paysage selon ton goût; un paysage fait avec la lumière et le minéral, et le liquide pour les réfléchir!« Und nun läufst du durch diese marmorne Stadt, schlenderst du die Gebäude aus dem 17. Jahrhundert entlang; diese Arkaden sahen den Handel mit den Kolonien, Fregatten, Menschengewirr und im Morgennebel auslaufende Segelschiffe; deine Schritte verhallen im Leeren, ein alter Clochard lehnt an einer Säule, jenseits der Arkaden öffnet sich der in den Fluß mündende Platz; das trübe Wasser umspült ihn, vom Landungssteg lösen sich die hell erleuchteten Schiffe, die die Ufer miteinander verbinden, binnen kurzem wird die Abendstunde die Eile der letzten Passagiere verschlucken und nichts wird bleiben außer der stillen Nacht und vagen, verspäteten Passanten, zerstreuten Schlafwandlern, ruhelosen Seelen, die ihre schlaflosen Körper spazierenführen und mit sich selbst sprechen. Auch du sprichst mit dir selbst, zuerst in dir, still, und dann laut, die Worte deutlich artikulierend, als würdest du sie diktieren, als könnte das Wasser des Flusses sie aufnehmen und bei sich behalten, in einem wäßrigen Archiv, damit sie der Grund eifersüchtig bewache, zwischen den Kieseln, dem Sand und den Ablagerungen, und du sagst: die

Schuld. Noch nie hast du dieses Wort ausgesprochen, vielleicht weil du nicht den Mut dazu hattest, und dabei ist es ein einfaches, eindeutiges Wort, sein Widerhall im Dunkeln ist klar und deutlich, es scheint ganz in dem Hauch aufzugehen, der sich einen Augenblick lang in der feuchten Luft bildet und dann verschwindet. Du trittst auf den menschenleeren Platz hinaus, das Denkmal ist beeindruckend, und der Reiter hoch oben spornt sein Pferd an zum Ritt in die Nacht. Die Schuld. Du setzt dich auf den Sockel des Denkmals, zündest dir eine Zigarette an, in der Tasche hast du die gefaltete Zeitung, allein sie zu spüren verursacht dir ein feines Unbehagen, wie von einem Nadelstich in den Nacken, von einem Insekt. Es ist unmöglich, niemand weiß, daß ich hier bin, ich habe mich verloren unter den Millionen Gesichtern dieser Welt, das kann keine Botschaft für mich sein, es ist bloß ein Satz, den viele Menschen kennen; ein Leser Baudelaires teilt einem anderen in verschlüsselter Weise ein Geheimnis mit. Und einen Augenblick lang gibst du dich der seltsamen Vorstellung hin, es gäbe eine Wiederholung, ein Spiegelbild des Lebens, als sei es vorstellbar, daß das Schicksalsrad über Stereotypen verfügte und sie nach Belieben der Welt aufzwänge, dem Leben anderer Menschen, anderer Menschen mit anderen Augen, anderen Händen und einer anderen Art des Menschseins, in anderen Straßen, anderen Zimmern: ein anderer Mann, der jetzt in einem anderen Zimmer zu einer anderen Frau sagt: »Une chambre qui ressemble à une rêverie.« Und so beschwören deine Phantasien das hell erleuchtete Fenster eines Zimmers herauf, das dir wie eine Phantasie vorkommt, und du kannst zu den beschlagenen Fensterscheiben treten und durch die alten Spitzenvorhänge spähen; es ist ein Zimmer mit antiken Möbeln und verblichenen Tulpentapeten an den

Wänden; auf dem Bett liegen ein Mann und eine Frau, ein Liebespaar, wie man an der Stellung ihrer Körper und dem zerwühlten Leintuch sieht, und er streicht ihr übers Haar und sagt: »Laisse-moi respirer longtemps l'odeur de tes cheveux.« In diesem Augenblick schlägt eine Pendeluhr, es ist spät, sagt sie, ich muß gehen. Aber du sagst zu ihr: Die Chinesen lesen die Zeit im Auge der Katzen, es ist noch nicht spät, Isabelle, wir haben noch alles vor uns, ich muß dich erst zum wahren Betrug verführen, aber es ist nicht meine Schuld, glaube mir, es ist die Schuld der Dinge, die es so haben wollen, wer weiß, was die Dinge lenkt, und du mußt dich erst zum Betrug verführen lassen, und es wird auch nicht deine Schuld sein, und dann muß ich dich auf meine Art sterben lassen, es wird fast sein, als ob ich dich umgebracht hätte, aber auch das wird nicht meine Schuld sein, es wird dein schlechtes Gewissen sein, und er wird nichts von meinem Verrat wissen, es genügt eine Anzeige in der Zeitung, irgendein kleiner, geheimer Satz, den nur wir beide kennen, *any where out of the world*, das wird unser Zeichen sein, und es wird geschehen. Aber in Wirklichkeit ist alles schon geschehen, nur weiß das der Mann in diesem Zimmer nicht, und er sagt: Du hast recht, geh nur, ich komme später nach. Du gehst hinaus und stehst wieder auf dem Platz, eine Frau hält ihren Wagen an und macht dir ein kleines Zeichen mit den Scheinwerfern, du schüttelst den Kopf und denkst aufs neue: Es ist unmöglich, es ist nur ein schicksalhafter Zufall. Aber irgend etwas sagt dir, daß es nicht so ist, die Kälte kriecht dir in die Knochen, und der Frost, den du in dir spürst, ist eine Art Sicherheit, die Uhr der Kathedrale schlägt genauso oft wie die Pendeluhr vor vier Jahren, eine Geschichte wiederholt sich, denkst du aufs neue, vielleicht sollte ich etwas essen, vielleicht habe ich bloß Hunger und friere. Eine

Tram fährt vorbei, aber du hast keine Lust aufzuspringen. Du gehst lieber zu Fuß die steile Straße hinauf, die vom Fluß zum Schloß führt, ausländische Touristen laufen lachend herum, ein Autobus von Cityrama, ein kleines Restaurant, wo du oft Hühner*balchão* ißt, der Besitzer stammt aus Goa und plaudert viel und gern, vielleicht trinkt er etwas zu viel, er macht eine ausgezeichnete Sauce zum Reis, und manchmal hat er Gewürzwein. Zwei amerikanische Paare essen fröhlich an einem Tisch neben dem Fenster, über den Tischen hängen Lampenschirme aus rotschwarz kariertem Stoff, sie verbreiten eine gemütliche und gleichzeitig intime Atmosphäre, der Boden ist etwas schmutzig, die eine oder andere nicht aufgehobene Papierserviette liegt zwischen den Tischen, Herr Colva ist heute weniger gesprächig als sonst, als hätte er zu viele Gäste bedient. Vielleicht ist das *Balchão* ein wenig zu scharf, sagt er zu dir, ich bringe Ihnen ein eiskaltes Bier. Er ist stets aufmerksam, ohne jedoch unterwürfig zu sein. Dann macht er ein Gesicht wie jemand, der sich plötzlich an etwas erinnert, und schlägt sich auf die Stirn, womit er sich entschuldigen und gleichzeitig seine Zerstreutheit zum Ausdruck bringen will; er läuft mit kleinen Schritten zur Theke und kommt lächelnd zurück. Ihre Zeitung, sagt er und hält dir die Zeitung hin. Du spürst, wie du blaß wirst und gleichzeitig bricht dir der Schweiß aus, ein kalter Schweiß, du greifst dir an die Jacke, die Zeitung ist in der Tasche, doppelt gefaltet, ein kleines Päckchen an deiner Hüfte. Du siehst die Zeitung an, die dir Herr Colva hinhält, ohne sie zu nehmen, er sieht in deinem Gesicht höchstwahrscheinlich nur Überraschung und nicht das Entsetzen, das dir wie eine Kolonne Ameisen von den Fesseln zur Leiste emporkriecht. Man hat sie sicher für Sie abgegeben, sagt er, Sie sind der einzige in meinem Restaurant, der diese Zeitung liest. Ach ja, antwortest du mit einer Ruhe, die dich erschreckt, und wer? Ich weiß nicht, Chef, mein Sohn hat sie heute morgen unter der Tür gefunden, sie steckte in einer Binde, natürlich, aber dieser Bengel hat sie aufgerissen, um die Fußballergebnisse zu lesen, wissen Sie schon, daß Sporting gegen Real Madrid unentschieden gespielt hat? Du gibst ihm recht, daß das wirklich ein gutes Ergebnis ist, schade, daß das Match nicht im Fernsehen übertragen wurde, angeblich hätte Sporting den Sieg verdient, wenn da nicht diese Querlatte und die Entscheidung des Schiedsrichters gewesen wäre, sicher, die Entscheidung des Schiedsrichters ist in diesen Fällen ausschlaggebend, auch wenn Real ideale Voraussetzungen hat, die Fans sind geradezu Gentlemen, aber ist er sich wirklich sicher, daß dein Name auf der Binde stand? Er sieht sich verwirrt um, du mußt schon entschuldigen, ah, aber diese ungezogene Jugend, zu seiner Zeit war das nicht so, da herrschten andere Sitten, sein Gesicht wird ernst, er verschwindet mit kleinen, flinken Schritten im Hinterzimmer, vor der Küche befindet sich eine Treppe, die zu seiner Wohnung führt, aber du weißt ohnehin schon, daß auf der Binde kein Name stand, du wirst keine Bestätigung bekommen, aus dem einfachen Grund, weil eine Sache wie diese, für die es keine Erklärung gibt, auch keine Bestätigung haben kann, das ist die Wahrheit, und jetzt beginnst du dir zu überlegen, was es heißt, in einer Sache wie dieser, die da geschieht, wirklich eine Erklärung zu verlangen. Oder eine Erklärung für all das, was geschehen ist: für alles, aber wirklich alles, versuchen wir wirklich eine Erklärung: sie, er, du, und dieses Karussell der Ausflüchte, Aufschübe und Täuschungen, aus denen diese Geschichte bestand. Und jetzt versuchst du, einen Schuldigen zu finden, was das Schlimmste ist, denn das führt zu nichts, wie du bereits seit einiger Zeit weißt, man kann das Leben nicht mit einem moralischen Maßstab messen: Es geschieht. Aber er hatte es nicht verdient. Sicher. Und auch sie wußte, daß er es nicht verdient hatte. Und du wußtest, daß sie wußte, daß er es nicht verdient hatte, aber es war dir egal. Ja, aber warum verdientest du es nicht, bei ihr zu bleiben, du lerntest sie erst später kennen, lange danach, auch das ist die Wahrheit, als die Würfel bereits gefallen waren. Aber welche Würfel? Das Leben hat keine Fristen, es gibt keinen Croupier, der die Hand hebt und verkündet, die Würfel seien gefallen; alles ist in Fluß und nichts steht fest; warum sich aus dem Weg gehen, wenn wir uns gefunden haben, wenn es das wahre Spiel so gewollt hat; dieselben Vorlieben: weiße Villen mit schlanken Palmen oder einer spärlichen, kargen Vegetation: Agaven, Tamarisken, ein Fels; dieselben Leidenschaften: Chopin und schlichte Musik, alte Rumbas, Tiengo el corazon maluco; dieselbe Seele: le spleen de Paris. Weg von hier, von diesem Spleen, suchen wir uns eine weiße Stadt aus Marmor am Rand des Wassers, suchen wir sie gemeinsam, so eine Stadt oder eine andere, ähnliche, es ist egal wo, irgendwo außerhalb der Welt. Ich kann nicht. Du kannst, du brauchst nur zu wollen. Ich bitte dich, zwing mich nicht. Ich lasse dir eine Botschaft zukommen, ich fahre, ich bin bereits abgefahren, ich schaffe es nicht mehr, du kannst mir nachkommen, wenn du willst, kauf die Zeitung, es wird das Zeichen sein, du erfährst darin, wo ich bin, laß alles zurück, niemand wird es wissen. Niemand weiß es, denkst du, während dir Herr Colva von der Tür des Hinterzimmers her bedauernd zuwinkt; es ist egal, Herr Colva, nur ihr beide wußtet es, und der selige Baudelaire. Auch mit ihm hast du gespielt, und mit gewissen Dingen spielt man nicht, man rührt nicht das Geheimnis auf, das sie diktiert. Aber niemand sonst wußte es. Dessen bist du dir sicher. Er ganz bestimmt nicht; und wenn er es auch inzwischen wüßte. Denn alles ist »inzwischen«, und deshalb zittern dir die Hände, während du die Rechnung bezahlst, die Sache hat keinen Sinn. Aber sie hat doch einen Sinn, und auch das weißt du, oder besser, du spürst es. Und du willst es versuchen. Du gehst zum Telefon neben dem Waschbecken, du steckst eine Münze hinein, wählst die tote Nummer. Auch die Nummer ist »inzwischen«, die Telefongesellschaft hat sie nicht weiterverkauft, es gibt keinen Empfänger, die Ziffern senden ein akustisches Signal ins Nichts aus, seit vier Jahren weißt du das nur zu gut. Du wählst langsam die Nummer, hörst, wie es einmal läutet, zweimal, dreimal, dann macht der Hörer: krack, aber niemand meldet sich, du spürst nur eine Anwesenheit, nicht einmal einen Atem hörst du, denn es atmet niemand, am anderen Ende der Leitung ist eine Anwesenheit, die deiner schweigenden Anwesenheit gegenübersteht. Und da legst du auf, gehst auf die Straße hinaus, du denkst nicht einmal daran, nach Hause zurückzugehen, du weißt nur zu gut, daß das Telefon läuten würde, und du würdest es läuten lassen, zweimal, dreimal, und dann würdest du den Hörer nehmen und ihn ans Ohr legen, und am anderen Ende niemand, nur die spürbare Dichte einer Anwesenheit, die schweigend deiner schweigenden Anwesenheit gegenübersteht. Du kommst wieder zum Fluß, die Landungsbrücken sind inzwischen leer, die Schiffe haben den Dienst eingestellt, niemand ist da. Du setzt dich auf die Böschung der Uferpromenade, das Wasser ist trüb und unruhig, vielleicht ist Flut und die Mündung ist blockiert, du weißt, daß es spät ist, aber nicht im Sinne der Uhrzeit, die Zeit rund um dich ist unermeßlich, feierlich, groß wie das Weltall: eine unbewegliche Zeit, die nicht auf dem Zifferblatt eingezeichnet ist, und dennoch leicht wie ein Seufzer, rasch wie ein Lidschlag.

Der Haß und die Wolken

»Man tut dir etwas Gutes, und du bist einem böse. Warum?«

Er las den Schluß des Gedichts, das zu interpretieren er sich vorgenommen hatte, und es fiel ihm dieser um Jahre zurückliegende Satz ein, der Nachmittag, an dem er seinen ersten eleganten Anzug gekauft hatte, Jacke und Hose, brauner Gabardine mit gelbem Nadelstreifen, ein schrecklicher Anzug, wie er später feststellte, als er bereits wußte, wie man sich anzog, aber damals hatte er ihn für perfekt gehalten. Oder besser gesagt, für bedeutend. Zu gut fürs Büro, aber unerläßlich für die Promotion. Er betrachtete sich im Schaufenster, das Kleidergeschäft lag an der Viale Libia; billige, aber tadellos geschnittene Anzüge; er fühlte sich wohl in dem Anzug, den er seit ein paar Minuten trug, vielleicht sah er darin etwas arrogant aus, aber das war nicht einmal schlecht; unmöglich, den anderen Entgegenkommen zu zeigen, das wäre das Ende gewesen. Haß. Sagen wir lieber Dynamik, oder Lebensrhythmus, dachte er, eine Möglichkeit unter anderen, sich nicht von den Wölfen fressen zu lassen. Aber er hatte Cecilia keine Antwort gegeben, sie hätte nicht verstanden, die Wölfe hatten sie bereits gefressen. Die Wölfe, beziehungsweise das Leben, man brauchte sie ja nur anzusehen. Sie war eine alte Frau, und das mit dreißig. Die in der Mitte gescheitelten Haare, bereits mit ein paar weißen Fäden darin, der deprimierende Blick einer resignierten Frau, und ihre ewige Müdigkeit. War es vielleicht seine Schuld, daß er sie vor ein paar Jahren geliebt hatte und daß er sie jetzt nicht mehr liebte? Aber vielleicht war es gar nicht Liebe gewesen, sondern Solidarität, sie hatten aus

Solidarität geheiratet, aber sicher war es nicht seine Schuld, daß sie derart heruntergekommen war. Aus diesem Grund war er ihr böse, weil sie sich dermaßen gehen ließ: ein trauriges, verwahrlostes Gesicht auf einem müden Frauenkörper. Was eine unbewußte, auf ihre Weise jedoch hinterhältige Art war, die Opfer zur Schau zu stellen, die sie für ihn gebracht hatte. Es war eine Anklage, eine Vorhaltung, ein kleinlicher Vorwurf. Dabei war das nur das andere Gesicht ihrer Frustration. Aber was für eine Schuld hatte er am Versagen einer Frau, die zum Versagen bestimmt war? Er hatte alles getan, um ihr zu helfen. Die Nachkriegszeit war für sie beide hart gewesen, mit ihrem Maturazeugnis waren sie dagestanden, in einem der häßlichen Randbezirke der großen Stadt, die Eltern tot, niemand, der ihnen hätte helfen können, und der Wunsch, ein Heim zu gründen, der nichts anderes war als das Bedürfnis nach ein wenig Gesellschaft. Was tun? Die Post hatte eine Lösung geboten. Aber zu essen und eine Wohnung zu haben, bedeutete nicht Reichtum, sondern Elend. Ein Elend mit einem rauchenden Holzofen im Winter, und im Sommer Schwüle, Mücken und Wasserlachen vor der Tür; und jeden Tag die nichtssagenden Gesichter der Kollegen: die Witwe, die keine Witwe war, und der zweite Angestellte, der stets von Fußballspielen sprach, ohne jemals eine Lira für ein Fußballspiel auszugeben. Er hatte zu seiner Frau gesagt: »Cecilia, verbessern wir unsere Lage, gehen wir auf die Universität, versuchen wir irgendwo Karriere zu machen.« Aber sie war immer müde. Aber wovon denn? War er vielleicht müde, und arbeiteten sie nicht gleich viele Stunden im Büro? Die Arbeit im Haushalt war es wohl nicht: ein Bett und zwei schmutzige Teller, hätte die Wohnung wenigstens vor Sauberkeit geglänzt, dann hätte er ihre Müdigkeit verstanden. Aber diese stets etwas unordentlichen drei Zimmer, ihre Pantoffel, die immer unter dem Bett hervorlugten: Das war keine Wohnung für ein junges Ehepaar, sondern ein Heim für vorzeitig Gealterte, er traute sich nicht einmal, seine Schwester einzuladen. Und dann war Gianna auf die Welt gekommen, aber war das etwa seine Schuld? Sie hatte sie unbedingt gewollt. »Jetzt ist nicht der Augenblick«, hatte er zu ihr gesagt, »schieben wir das auf, wir müssen es uns gut überlegen, ein Kind ist ein ernstliches Hindernis, dann haben wir überhaupt keine Freizeit mehr.« Aber sie weinte in der Nacht; der Wunsch, Mutter zu werden, verzehrte sie wie ein Feuer, aber das war wohl das einzige, das in ihr brannte, denn sonst war da nur Leere und Ödnis. Und dann hatte sie um des Kindes willen nach einem Kompromiß gesucht, diese Idiotin. Sie würde sich um das Kind kümmern, er könnte wirklich die Universität besuchen, er könnte auch zu arbeiten aufhören, wenn er wollte, und sich völlig dem Studium widmen, ein Gehalt genügte ja, jetzt wo sie befördert worden war und sich in der oberen Gehaltsklasse befand; und wenn er nichts dagegen hätte, würde sie sich eine Heimarbeit für die Wochenenden suchen, ein privater Zustelldienst in ihrem Viertel suchte Leute, die bereit waren, schwarz zu arbeiten, und sie war bereit, wirklich. Nun gut, abgemacht, wenn sie unbedingt wollte, er würde ihrem brennenden Bedürfnis nach einem Kind gewiß nicht im Weg stehen, aber Windeln wechselte er keine und am Wochenende ging er in die Bibliothek; er hatte sich mit dem Pedell der Fakultät angefreundet, der ihm erlaubte, auch am Sonntag die Bibliothek zu benutzen; und wenn sie unbedingt ein Kind wollte, dann wollte er den Doktortitel, jedem das seine. Die Abmachung war klar und eindeutig gewesen, und er hatte sie eingehalten. In Wahrheit hatte auch sie sie eingehalten, schweigend, ohne sich nach außen hin zu beschweren, mit trauriger Resignation vielmehr: das Büro, der Haushalt, die Überstunden, das Kind. Eine Tochter, die der Mutter aufs Haar glich, das ist das Leben, die Natur ist unerbittlich. Derselbe resignierte Blick, dieselbe Apathie, das Versagen, das ihr wie der Mutter ins Gesicht geschrieben stand. An den seltenen Sonntagen, die er nicht in der Bibliothek verbrachte – das Kind war inzwischen schon recht groß –, versuchte er, es für etwas zu interessieren, es seiner verfrühten Stumpfheit zu entreißen: »Willst du mit Papa einen Spaziergang machen, willst du in den Zoo?« Und diese Stimme einer vernünftigen und bescheidenen kleinen Frau antwortete: »Ich muß Mama Gesellschaft leisten, sie hat mich gebeten, ihr im Haushalt zu helfen, danke Papa.« Da hatte er sie vor sich, Sonntag nachmittags, die fleischgewordenen Bilder seines »Privilegs« als älterer Student, der ganze Nächte damit zubrachte, den Rückstand aufzuholen, den er gegenüber diesen Studentlein hatte, die am Morgen frisch und gelassen zur Vorlesung erschienen, mit säuberlich gebügelten Hosen und modischen Pullovern, die »kleinen Herren«. Sicher haßte er sie, die »kleinen Herren«. Sagen wir ruhig, daß es Haß war – auch das sein ureigenster Lebensrhythmus –, der aus der Tiefe seines Selbst kam. Es war ein stiller, unartikulierbarer Haß, der nur verstärkt wurde durch die Tatsache, daß er sie ideologisch als seinesgleichen anerkennen mußte. Reiche Väter, liberale Tradition, Familien, die die Aktionspartei wählten: Ihre Progressivität war ein Luxus, ihr Links-sein noch mehr. Im Gegensatz zu ihm: Für ihn war es eine Errungenschaft gewesen, ein schmerzvoller, dornenreicher Weg, von Respektgefühlen behindert, von Konventionen, von der Ängstlichkeit einer bigotten Mutter, von der Unterwürfigkeit eines Vaters, der zu viele

Mäuler stopfen mußte, um sich mit Politik beschäftigen zu können. Das war seine Art, links zu sein: Sie entstand aus dem Gefühl der Kränkung, des Ressentiments und der Rache, sie hatte nichts zu tun mit der theoretischen, abstrakten, ja geometrischen Ideologie seiner jungen Kollegen. Einem von ihnen, dem dümmsten, hatte er es klipp und klar gesagt: eines Tages, als sie aus dem Hörsaal kamen, und der andere ihm sagte, er mißbillige seinen Entschluß, bei einem unterwürfigen und unbeliebten Professor zu dissertieren, der von allen der »Nostalgiker« genannt wurde. Er hatte seinem Kollegen fest in die Augen geblickt und gesagt: »Für dich ist es einfach, links zu sein, nicht wahr, kleiner Herr? Du hast keine Ahnung, wie schwierig das Leben ist.« Und der Kleine hatte ihn noch dümmer angesehen als je zuvor.

Der Nostalgiker. Gewiß, er war kein Adler, daran bestand kein Zweifel. Aber wie viele vor Intelligenz sprühende Professoren hatten verächtlich den Mund verzogen, als er sie gebeten hatte, seine Dissertation zu betreuen? Der Nostalgiker hatte sofort Verständnis gezeigt für seine Situation als älterer Student und Familienvater, er hatte ihm keine Schwierigkeiten gemacht. »Zumindest hoffe ich, Sie gehören nicht zu den Großmäulern, die nur an eine strahlende Zukunft denken, anstatt sich an unsere heroische Vergangenheit zu erinnern.« Und er hatte vorsichtig geantwortet: »Jedes Regime hat seine guten Seiten, heute neigt man dazu, alles negativ zu sehen, Herr Professor.« Darauf basierte ihr Einverständnis, zumindest am Anfang, auf ihrem gegenseitigen Respekt, und das hatte sich zu Buche geschlagen. Das Konzept der Dissertation hatte nicht viel Zeit in Anspruch genommen, ihre Ausarbeitung jedoch schon: schlaflose Nächte, in denen er auf der Schreibmaschine, die Cecilia jeden Abend aus dem

Büro mitbrachte, ein Blatt nach dem anderen vollschrieb, und auf ihrem müden, vorwurfsvollen Gesicht stand nun auch die Anstrengung geschrieben, die es sie kostete, die alte Olivetti, die schwer war wie ein Panzerschrank, in den vierten Stock heraufzuschleppen, während Gianna in der Küche das Einmaleins lernte. Der Rest war jedoch ein Kinderspiel gewesen. Der Doktortitel cum laude, denn die Dissertation war gut gewesen, sicher, und der alte Nostalgiker konnte, wenn er wollte, auf eine gewisse Unterstützung seiner Kollegen zählen. Und auch die Veröffentlichung war nicht schwierig gewesen; der Verlag war eine kleine Druckerei, die auch die Skripten der Universität druckte, und ließ sich nicht einmal dafür bezahlen, wie es so oft vorkommt. Die Widmung *Meinem Meister* war ihm nicht nur nützlich, sondern unumgänglich erschienen. Die Ressentiments hatten sich später eingestellt, mit dem Posten als Assistent, denn inzwischen waren die Reden des Nostalgikers nicht mehr so neutral und respektvoll: Sie forderten Bestätigung und Komplizenschaft, der gegenseitige Respekt war nicht mehr genug.

Eines Tages ging er von zu Hause weg, auf elegante, schmerzlose Weise: Er ließ ein kleines Kärtchen zurück. Es war der Tag, an dem er sein erstes Gehalt als Assistent erhalten hatte. Ein Hungerlohn, aber für ihn allein reichte es. Er hatte sich in einem alten Haus hinter der Poliklinik ein Zimmer genommen, ein Loch mit einem Fenster, von dem aus man auf einen Hof voller Krankenbahren blickte, nicht gerade ein fröhlicher Ort; er hatte eine Woche damit zugebracht, das Zimmer weiß auszumalen, hatte einen Tisch aufgestellt, den er bei einem Trödler erstanden hatte, einen Sessel und einen Kleiderständer; das Bett war schon da, es fehlte nur eine Matratze. Man hätte an Elend denken können, aber er wußte, daß es Nüchternheit war. Er dachte oft an Machado, der in Soria, in der Pension von Doña Isabel Cuevas, in einer ähnlichen Kammer gehaust hatte – ein Tisch, ein Bett und eine blecherne Waschschüssel. Er hatte die *Campos de Castilla* gelesen und darin eine große geistige Verwandtschaft entdeckt. Vor allem im *Porträt*, das die Sammlung einleitete, mit seiner chronikartigen, ja fast anekdotenhaften Aufarbeitung eines ganzen Lebens, die sich jedoch gleichzeitig auf Anspielungen beschränkte: die zurückhaltend und dennoch fest vorgebrachten ideologischen und ethischen Überzeugungen, die scherzhafte Anspielung auf die schlecht sitzenden Kleider. Es war ein Sonntagnachmittag, er saß an seinem Arbeitstisch und las zum x-ten Mal das *Porträt*. Zuerst unterstrich er drei Verse, dann schrieb er sie ab. *Mi historia, algunos casos que recordar non quiero; Ya conocéis mi torpe aliño indumentario; Hay en mis venas gotas de sangre jacobina.* Er hatte das Gefühl, daß diese Verse ein Stück von ihm waren, sie hätten aus seiner Feder stammen können. Und dann fügte er noch zwei hinzu. Er blickte auf den Hof des Krankenhauses vor seinem Fenster. Es war Mai, und die dürftigen Bäume im Hof waren grün. Irgendwann trat eine Krankenschwester aus der Eisentür, auf der in einem gelben Dreieck »Röntgen« geschrieben stand, mit einem kleinen Mädchen an der Hand. Sie gingen sehr langsam, denn die Beine des Mädchens steckten in zwei metallenen Gerüsten, die ihm bis zur Leiste reichten. Die Beinchen des Mädchens waren spindeldürr und steif, sicher eine Ankylose, und es ging schwerfällig, als versuchte es auf groteske Weise einen schaurigen Stechschritt nachzuahmen. Es war bestimmt nicht älter als acht; ein Mädchen mit hellen Haaren und einem karierten Kleid. Die Krankenschwester setzte es auf eine der Bahren, tätschelte ihm die Wange und ging weg, es mit einer aufmunternden Geste zur Geduld ermahnend. Das Mädchen blieb geduldig sitzen und ließ seinen Blick über den leeren Hof schweifen, während die Krankenschwester ins Haus zurückging. In diesem Augenblick schlüpfte eine weiße Katze aus dem Winkel gegenüber. Es war nicht klar, ob das Mädchen zuerst die Katze sah oder die Katze das Mädchen. Sie blickten einander an, und dann trottete die Katze wie ein Hündchen auf das Mädchen zu und sprang gewandt auf die Bahre; das Mädchen schloß sie in die Arme und küßte sie. Er senkte den Blick auf sein Gedicht, las noch einmal den Vers *Mi historia, algunos casos que recordar non quiero*, bemerkte, daß die Buchstaben hinter einem Tränenschleier verschwammen, und fügte zu den bereits abgeschriebenen Versen noch drei hinzu: *Hay en mis venas gotas de sangre jacobina; Pero mi verso brota de manatial sereno, Y, más que un hombre al uso que sabe su doctrina; Soy, en el buen sentido de la palabra, bueno.*

In diesem Sommer unternahm er eine Reise auf die iberische Halbinsel. Der Nostalgiker verschaffte ihm durch die »Freunde Spaniens« ein Stipendium des Spanischen Außenministeriums. Das war mit keiner Auflage verbunden, in keiner Weise, es war einfach eine Einladung – oder vielmehr ein Preis – für jemanden, der sich für iberische Kultur interessierte; die Spanier sind sehr stolz auf ihre Kultur, sie fühlen sich geschmeichelt, wenn Wissenschaftler von ausländischen Universitäten ihre Bibliotheken besuchen. Er hatte keine andere Pflicht als die Druckfahnen des Artikels abzuliefern, den der Nostalgiker für eine Madrider Zeitschrift geschrieben hatte, zu deren ständigen Mitarbeitern er zählte. Es handelte sich um eine schlechte Zeitschrift, aber das berührte ihn nicht im geringsten. Barcelona nahm ihn völlig gefangen. Es war eine enorme, helle Stadt mit riesigen Alleen und großartigen Jahrhundertwendebauten und herzlichen, mitteilsamen Menschen, die die größten Schrecken des Bürgerkrieges erlebt hatten. Er blieb nur zehn Tage, und danach fühlte er sich als einer von ihnen. Er fühlte sich im Innersten verwandt mit diesen Menschen, die die untere Stadt bevölkerten, den Hafen, die *Ramblas*, die am Abend die Cafés füllten, die Weinschenken, die schmutzigen Gassenlokale. Er verspürte eine Art Wut darüber, daß er in dem eleganten Hotel wohnen mußte, in dem ihn das Ministerium untergebracht hatte; wenn er in dem strahlend hellen Salon zu Abend aß, in Gesellschaft der eleganten, Krustentiere verspeisenden Gäste, tat es ihm leid, daß er nicht mit den ärmlichen, lärmenden Leuten in den Tavernen essen konnte, die er bei seinen nachmittäglichen Spaziergängen beobachtete, während er mit einem fast körperlichen Wohlbehagen die flüssige katalanische Sprache in sich aufnahm, die so sehr verschieden war vom trockenen Klang des Kastilischen. All das verstärkte seinen Widerstand gegen Franco. Er spürte deutlich, daß sein Herz diesen Menschen und ihren Leiden gehörte: Und plötzlich fielen ihm die Widrigkeiten ein, die sie überwunden hatten, und das rührte ihn. Er beschloß, Katalanisch zu lernen, als Hommage an Katalonien. Und dabei dachte er an eine andere Hommage, an das Buch von Orwell, das er im Zug gelesen hatte, um es dann am Bahnhof an der Grenze in einen Papierkorb zu werfen; und er spürte, daß dies die Hommage eines »kleinen Herren« gewesen war; dieser kleine versnobte Engländer war doch genauso wie die eleganten Herrschaften, die in seinem Hotel Krebse verspeisten: Die Volksseele Spaniens war ihnen völlig fremd. Und er verspürte einen noch größeren Haß als gewöhnlich auf gewisse Pseudo-Progressive in seiner Bekanntschaft, und eine grenzenlose Sympathie für die Klarheit einer Dolores Ibarruri. Sie war die irdene Stimme Spaniens, volkstümlich und kristallklar, sie bedeutete Großzügigkeit und Opferbereitschaft: *La Pasionaria*. Und er dachte, daß er in Moskau sein sollte, um ihr die Hand zu schütteln und sie zu umarmen, und nicht hier, in diesem armen, von der Diktatur Francos unterdrückten Land, um einer regimetreuen Zeitschrift die rhetorischen Ergüsse des alten Nostalgikers zu überbringen. Aber inzwischen befand er sich schon im Zug nach Madrid, die Reise war eintönig, und die Redaktion der Zeitschrift enttäuschend: ein anonymes Büro in einem Gebäude in der Nähe des Prado, mit einem zestreuten Angestellten, der ihm kühl dankte. Aber immerhin war das alles. Und jetzt gehörte Madrid ihm, auch wenn die Stadt ihm nicht gefiel: Er verabscheute die aristokratische Monumentalität der Gebäude, die Eleganz der bürgerlichen Wohnviertel, die Größe des Prado, und auch diesen paradoxen, formlosen Goya: nichts als barocke Monströsität und romantische Phantastereien, zwei widerwärtige Stile. Er konnte der Versuchung nicht widerstehen, einen Zug nach Soria zu nehmen, die kastilische Landschaft zu durchqueren, eine Pilgerfahrt zu jenem nüchternen und wesentlichen Ort zu unternehmen, wohin ihn ein Gedicht rief. Die Kammer in der Pension Cueva war unverändert: ein Tisch, ein Sessel, ein Bett, ein Kleiderständer. Gerührt lief er durch die schmalen Gassen des einfachen Städtchens, das inmitten der öden, kastilischen Mondlandschaft lag; dann fand er, nach beharrlichen Versuchen, in einer antiquarischen Buchhandlung ein Porträt von Machado, mit einer handgeschriebenen Widmung in der Ecke: 22. Jänner 1939. Da war der Dichter bereits unterwegs in Richtung Grenze, in Richtung Tod, umzingelt von den

Franco-Anhängern. Der Buchhändler war argwöhnisch und vorsichtig, vielleicht fürchtete er, es mit einem Provokateur zu tun zu haben. Und da sprach er ihn an – sein Kastilisch war inzwischen hervorragend, aber er sprach auf Italienisch –, er spürte, daß ihm die Worte von Herzen kamen, er beruhigte ihn und hielt ihm das Geld hin, und das Porträt war sein. Im Hotel in Madrid erwartete ihn eine Nachricht des Nostalgikers, sie klang nach Anweisung, nach Befehl. Er sollte nach Lissabon fahren, um etwas zu erledigen, der Nachricht lag auch ein Eisenbahnticket erster Klasse bei. Nun, er nahm mit Freuden an, der Nostalgiker wollte in einer portugiesischen Zeitschrift einen weiteren seiner abgestandenen Artikel unterbringen; und er würde ihn hinbringen, er würde die nötigen Vereinbarungen treffen, warum auch nicht, es war fast eine Befriedigung, eine subtile Rache. Das ehrliche, melancholische Gesicht Machados lächelte ihn vom Boden seines Koffers an, er deckte es mit den Seiten des Nostalgikers und seinen persönlichen Habseligkeiten zu, nahm den Zug und erreichte die Grenze; nichts zu verzollen, sagte er zu dem Zollbeamten, das kleine Risiko war seine Rache und sein Talisman.

In Lissabon war man freundlich und zuvorkommend, im Gegensatz zu den Spaniern. Die Redaktion der Zeitschrift befand sich in einem schönen Haus am Restauradoresplatz, dem Palacio Foz, einem Gebäude mit englischer Fassade, Schieferdach und Sälen voller Teppiche. Man stimmte ein Loblied auf seinen Professor an, und er fügte ein eleganteres und subtileres Lob hinzu, dessen Hinterhältigkeit dem schwülstigen und feierlichen Chefredakteur – ein unbewußtes Symbol der Idiotie – sicher entging. Gewiß war er ein Freund Portugals, stimmte er mit einer unvergleichlichen Freude an der Heuchelei zu: ein

Freund dieses kleinen Volkes und dieser großen Nation, aber im Augenblick sei es ihm unmöglich, einen persönlichen Beitrag zu leisten, sein Name sage ja niemandem etwas, er sei nur ein Universitätsassistent und außerdem beschäftige er sich nicht mit Politik; vielleicht die eine oder andere Übersetzung unter einem Pseudonym, sein Portugiesisch sei zwar nicht hervorragend, aber er könne sich auf einen befreundeten Portugiesischlektor an einer italienischen Universität verlassen, der ihnen gewiß ein Begriff sei; und sie ihrerseits könnten auf seinen guten Willen zählen, der Professor sei alt und habe viele Pflichten, es sei ihm unmöglich, oft zu verreisen, aber ihm sei es ein Vergnügen.

Und so war es. Die zu übersetzenden Texte waren einfach und dumm, aber man verdiente gut damit; und dann stärkten sie seinen besten Lebensrhythmus, das spürte er, sie nährten das heimliche Feuer des Hasses, das in ihm brannte. Das Porträt Machados hängte er über seinem Arbeitstisch auf, zwischen dem Bett und dem Fenster, das auf das Krankenhaus blickte. Aber er würde nicht mehr lange in dieser elenden Mietwohnung hausen, das wußte er, der Wettbewerb war nahegerückt, er würde ihn bestehen, und dann würde er das Porträt an eine Wand hängen, die seiner Schönheit würdig war. Inzwischen wurde er ihm, ohne es zu beabsichtigen, immer ähnlicher. Er ließ sich die Haare an den Schläfen wachsen, etwas buschig, aber ohne Brillantine. Die Form der Stirn mit dem hohen Haaransatz war dieselbe. Auch der Schnitt des Mundes stimmte überein: ein schmaler Mund, wie eine zynische Wunde, die die erlittenen Ungerechtigkeiten verbergen wollte. Jetzt las er von dem großen Spanier das »Tagebuch des Juan de Mairena«, und er war fasziniert von dessen Fähigkeit, Masken aufzusetzen, von dessen subtiler

Pseudonymwahl, die ihm so vertraut war. »Der Grund meiner Gedanken ist traurig, und dennoch bin ich kein trauriger Mensch, noch glaube ich, zu irgend jemandes Traurigkeit beizutragen. In anderen Worten: Da ich an meinen Gedanken nicht hänge, lasse ich mich auch nicht in ihren Bann schlagen, oder: Tiefer als meine Gedanken ist mein Vertrauen in ihre Menschlichkeit, dem Jungbrunnen, in dem sich mein Herz unaufhörlich badet.« Da ich an meinen Gedanken nicht hänge, lasse ich mich auch nicht in ihren Bann schlagen. Dieser Gedanke verursachte ihm eine unendliche Leichtigkeit, ein Gefühl der Absolution, der Unschuld. Und mit diesem Gefühl der Unschuld verbrachte er auch die anstrengenden Tage des Wettbewerbs, ohne sich der Schwierigkeit der Prüfung überhaupt bewußt zu werden. Eine Prüfung, die mit den Gedichten Machados natürlich nichts zu tun hatte: Es war eine ausschließlich technische Arbeit, eine rigoros theoretische, die Metrik betreffende. Und dennoch erschien ihm diese abstrakte, auf stolze Weise unbefleckte poetische Grammatik als die Metapher seiner Existenz; sie war der Gedanke im Reinzustand: ein Gedanke, der frei ist von seinem Bann. Den Wettbewerb bestand er wie erwartet mit Leichtigkeit. Und jetzt war es auch einfach, den alten Nostalgiker loszuwerden, fast zu einfach, beinahe fade, denn als er ihm die zweite Auflage seines ersten Buches brachte, aus dem er diese verabscheuungswürdige Widmung entfernen hatte lassen, war ihm, als erledigte er eine schale und unbefriedigende Pflicht. Aber so unbefriedigend war sie eigentlich gar nicht: Wenn der Nostalgiker einen streitsüchtigen Ton angeschlagen hätte, wenn er sich wie erwartet auf ihn gestürzt hätte, dann würde sich alles in einer lautstarken und naheliegenden Diskussion aufgelöst haben. Aber der Nostalgiker erwartete ihn mit melancholischem Blick in seinem Arbeitszimmer, er spielte die Rolle des von allen verlassenen, zur Seite geschobenen Mannes, und er empfing ihn mit feuchten Augen, ohne den Mut zu haben, ihm wie ein Mann entgegenzutreten. »Ich wußte nicht, daß du mein Feind bist«, sagte er, »das ist der größte Schmerz meiner alten Tage.« So versuchte er ihn zu bestrafen, mit einer niederträchtigen sentimentalen Erpressung, die auf die vermeintliche Freundschaft, das Alter und die Enttäuschung anspielte; und all das erinnerte ihn an Cecilia und ihren versteckten Vorwurf; und er konnte den Alten nicht ertragen, denn das war eine raffinierte und gemeine Methode, ihn an Madrid und Lissabon zu erinnern, ihm eine stillschweigende und bittere Übereinkunft vorzuhalten, von der er gewiß wußte, und auf der er gemeinerweise bestand. Und da erklärte er ihm seine Verachtung, und er tat es phlegmatisch, sarkastisch, mit einem Satzrhythmus, der ihn fast an den Machado der *Coplas por la muerte de don Guido* erinnerte; und während er ihm die schneidenden, auf das Wesentliche beschränkten Worte seiner Rache zuflüsterte, wiederholte sein Geist wie von selbst, wie ein Gedanke, der sich nicht in seinen Bann schlagen läßt, in einem wohlbekannten Versmaß: »Al fin, una pulmonía mató a don Guido, y estan las campanas todo el día doblando por el: din-dán! Murío don Guido, un señor de mozo muy jaranero, muy galán a algo torero; de viejo gran rezador.« Es starb Don Guido, ein stolzer Mann in seiner Jugend, ein Torero und voller Tugend, im Alter ein Schwätzer. Der alte Nostalgiker unterbrach seine Verwünschungen und forderte ihn auf zu gehen, und er ging, den Geschmack des Triumphes auskostend. Denn ein Triumph war es inzwischen, und er wußte, daß diesem noch viele folgen würden.

Die zweite Eroberung war Giuliana, aber das war kein

Sieg über sie, sondern vor allem über das Leben. Er entriß sie ihrem Dasein als verfrühte alte Jungfer und gab ihr die Jugend zurück, die sie zu verbergen trachtete; er machte ihre Überzeugung zunichte, krank zu sein, und ersetzte sie durch die Überzeugung, gesund zu sein, kerngesund, sogar zu gesund; sie brauchte nur einen Mann, der sie beschützte und ihr Sicherheit gab. Es störte ihn nur ihre Bereitschaft zur Versöhnung und eine Offenheit, die er für Biederkeit hielt und ihnen beiden schaden konnte. Er verbot ihr das Veilchenparfum, den bescheidenen Lammpelz, das allzu auffällige Benehmen und das schallende Lachen. Die Arbeit an der Universität würde er ihr beibringen, oder besser, er würde sie ihr »aufbauen«, dieser Beruf war zu erlernen, und das bedeutete nicht, daß sie seine Schöpfung war – eine Meinung, die simplen Gemütern vorbehalten war. Sie waren in Solidarität verbunden, in einer Art existenziellen Aktiengesellschaft, darin bestand für ihn die Liebe, sie brauchte nur zu verstehen. Und sie verstand.

Die anderen Triumphe kamen als angenehme Eroberungen. Vor allem der über eine Kollegin, die ihn aus Zerstreutheit oder Leichtfertigkeit gekränkt hatte. Die aus Leichtfertigkeit verursachten Kränkungen sind schmerzhaft, denn sie setzen eine Gleichgültigkeit gegenüber dem Verletzten voraus. Und er konnte keine Gleichgültigkeit ertragen: Das war eine Form der Erniedrigung, die ihn bleich werden ließ, die er in seinem Leben schon zu oft erfahren hatte, die ihn in sein Dasein als Paria zurückfallen ließ, als er sich in dem Laden an der Viale Libia billige Kleider kaufen und sie obendrein noch für elegant halten mußte. Aber die schmerzhaften Kränkungen sind auch die ergiebigsten und die fruchtbarsten, das wußte er, denn sie gären in der Seele, sie erfordern ausgearbeitete und komplexe Reaktionen, und keine plötzlichen, befreienden und enttäuschenden Taten. Nein, er wußte sehr gut, daß sich die schmerzhaften Kränkungen in einer geheimen Zone einnisteten, wo sie zusammengeduckt kauerten, wie verpuppte Larven, und dann bildeten sie Verästelungen, Kolonien, Termitenhügel mit komplizierten Gängen, die eine genaue und gewissenhafte Topographie voraussetzten. Eine Topographie, die er mit Genauigkeit und Gewissenhaftigkeit studiert hatte, und mit Geduld, denn es bestand keine Hoffnung auf eine direkte Rache, abgesehen vielleicht von einem unbefriedigenden Verriß oder einem giftigen Angriff in einer wissenschaftlichen Zeitschrift, und so mußte er auf eine indirekte Rache sinnen. Aber dafür waren Allianzen notwendig, köstliche, mit Anspielungen gespickte Gespräche, unausgesprochene Übereinkünfte, Wahlverwandtschaften. Was für ein delikates Vergnügen, die Freunde der Feinde ausfindig zu machen und sie zum geheimen Ziel seiner Rache zu machen. Eine Arbeit von Monaten war dazu notwendig gewesen, ja sogar von Jahren. Der Lieblingsschüler seines Feindes unterrichtete seit kurzem an einer Universität im Norden, auch er in einem ähnlichen Fach: Wie das Leben so spielt. Einen eventuellen Feind für ihn zu finden, war schwierig, aber nicht unmöglich gewesen, er hatte nur die Liste der Kollegen aufmerksam studieren müssen. Beim zweiten Anlauf hatte er seine Wahl getroffen. Mit diesem Professor, der ein ähnliches Fach unterrichtete, verband ihn keine große Freundschaft, er hatte ihn bei einem Kongreß kennengelernt, er duzte ihn und nannte ihn beim Vornamen; ein mittelmäßiger und arroganter Mensch, ein aufgeblasener Schulmeister, dessen Werk sich durch eine falsche Syntax und unzusammenhängende These auszeichnete: mittelmäßige Essays und Artikel in mittelmäßigen Zeitschriften, die ein Loblied auf mittelmäßige Autoren sangen. Aber das war nicht seine Achillesferse, das wußte er. Der wunde Punkt seines eventuellen Verbündeten bestand in dessen mühevoller Karriere im Schatten eines erbarmungslosen Professors, der ihn seit Jahren erniedrigte, ihn wie einen überflüssigen Ziergegenstand, der auf einen Platz wartet, mit sich herumschleppte, und ihn Smerdiakov nannte, wie den Diener der Brüder Karamasow. Auf diesen Punkt mußte er den Finger legen, aber nicht einmal sehr fest: Es genügte, diese Taste leicht zu berühren, andeutungsweise, ein Einverständnis voraussetzend, das die Erpressung nicht deutlich werden ließ, sie wissentlich verschwieg und dennoch durchahnen ließ, wie es zwischen verwandten Seelen üblich war. Es genügte ein kurzes Gespräch, und die Dinge nahmen ihren Lauf, und er sah ihnen mit einer stillen und geduldigen Freude zu. Eine Freude, deren ruhigen und fast feierlichen Rhythmus er bis zu dessen Erschöpfung verfolgte, wie die Musik einer Symphonie. Und als sie zu Ende war, entfachte er sie aufs neue und ergänzte sie mit einem kurzen, synkopierten Rhythmus, einem Rondo, aber das war schon einfacher und weniger befriedigend: In dieser jungen, ehrgeizigen und mißgünstigen Kollegin eine Verbündete zu finden, hatte ihm keine große Befriedigung gegeben; sie war eine eindeutige Person, ihre Bosheit war allzu deutlich, sie hatte die Freundin verraten und den Posten bei dem alten Professor an sich gerissen, beinahe großmäulig hatte sie sich im Institut eingenistet; fast war es ihm lästig, sie auf seiner Seite zu haben, insgeheim nannte er sie die »Gangsterbraut«.

Und schließlich die anderen Siege, die offiziellen. Die Werke, die Zeitschriften, die Kongresse. Den größten Erfolg hatte er auf der iberischen Halbinsel. Wieder einmal. Aber inzwischen war die Zeit der Diktaturen vorbei, nichts verpflichtete ihn niemandem, und niemand hinderte ihn daran, sein kritisches Rüstzeug an dem höfischen Dichter des 16. Jahrhunderts zu erproben, um dessentwillen sich Literaturwissenschaftler aus ganz Europa zu einem Kongreß zusammengefunden hatten. Der Kongreß fand in einem kleinen, barocken Palast statt, einem adeligen Landsitz, der inmitten von Olivenbäumen und Weinbergen lag. Er wollte sich seinen Beitrag für das Ende des Kongresses vorbehalten. Er hatte vor, ein trockenes und technisches Referat zu halten, ein neutrales, das sich nach außen hin nur mit dem Rhythmus befaßte, in Wirklichkeit jedoch unerbittlich die stilistischen Finten dieses höfischen Dichters aufdeckte, sein verborgenes Plagiieren großer zeitgenössischer Autoren. Aber dann war da das Referat dieses Dominikanermönchs. Er war ungefähr in seinem Alter, ein Professor klassischer Kultur, ein Priester, der seit Jahren eine Literaturzeitschrift herausgab, die zur Zeit des inzwischen gestürzten Regimes einem vagen und im großen und ganzen liberalen Antifaschismus Ausdruck gegeben hatte, und zwar im Namen der »Kultur«, ohne eine bestimmte Ideologie. Und jetzt kam dieser Priester, dieser Verfechter eines nebulosen Antifaschismus, und sprach in konzilianten, rechtfertigenden Tönen von einem höfischen, von der Macht korrumpierten Dichter: Er appellierte an die Autonomie des poetischen Textes, an die Notwendigkeit, von der Biographie abzusehen, denn »die Dichter haben keine Biographie, ihre Biographie ist ihr Werk«, an die Hochachtung, die die innere, einsame und geheimnisvolle Stimme verdiene, die die Worte des Dichters diktiere. In dieser trügerischen, verlogenen Anspielung lag ein unerträglicher Platonismus, eine Ungenauigkeit, die auf einen metaphysischen *Logos* verwies, auf den

Einfluß Spinozas, den der Klassizist gelassen mit der vorsokratischen Philosophie in Verbindung brachte, der jedoch in Wirklichkeit Ausdruck eines reaktionären Neoidealismus war. Und diese Demut, dieser Hang zur Versöhnung, diese Rechtfertigung der menschlichen Schwächen im Namen des poetischen Textes waren doch nichts anderes als ein subtiler Hochmut, das spürte er deutlich, ein umgekehrtes Zensursystem, deren Quintessenz, ein erpresserischer Ausdruck des Sündennachlasses. Nein, die Sünden durften nicht erlassen werden, eine derartige Sicht der Welt duldete er nicht, er war nicht bereit, sich von einer derart heimtückischen Formel einfangen zu lassen. Und er sprach, wie er meinte, unter solchen Umständen sprechen zu müssen. Fürs erste entschuldigte er sich, daß er sich selbst zitieren müsse, aber es ginge nicht anders. Einstweilen legte er den Anwesenden die rhythmischen, phonetischen und lexikalischen Segmente dar, die er zum Zwecke eines kontextuellen Vergleichs mit der zeitgenössischen manieristischen Lyrik geduldig isoliert hatte. Denn er war sich der Autonomie des poetischen Textes durchaus bewußt, aber nur im Kontext fand der Text seinen angemessenen Platz, und der Kontext war folgender. Und jetzt zog er die schärfste Klinge seines Rüstwerks aus der Tasche, denn der Wortschatz des Klassizisten war veraltet und überholt; er war nicht auf dem Laufenden, was die kritischen Neuheiten betraf, er war ein Unwissender. Und er sprach von Bachtin, und was der Kontext im Inneren des Textes bedeute; er ließ die isolierten Juwelen seiner rhythmischen Segmente in einem umfangreichen kulturellen Panorama funkeln, und das ließ kein Entgegenkommen und keine Kompromisse zu: Sein Diskurs war unversöhnlich und ließ keinen Platz für das Niemandsland, in dem platonisch die Literatur entstehen sollte; auf gebieterische und unwiderlegbare Weise schuf er ein Röntgenbild, dessen Name war: Literatur und Leben. Es war ein Erfolg. Kein unmittelbarer natürlich, denn sein Beitrag trug ihm den sehr polemischen Angriff dreier junger Intellektueller ein; wichtig war jedoch, sich in akademischen Kreisen skrupellos den Ruf verschafft zu haben, ein Wissenschaftler ohne Rücksicht und ohne Bereitschaft zur Versöhnung zu sein, scharf wie ein Diamant.

Und dann kamen die bequemen und tröstlichen privaten Triumphe: die Wohnung im Zentrum, die umfangreiche Bibliothek, sein Arbeitszimmer, das Porträt Machados, das endlich an einem entsprechenden Platz hing, neben den Büchern, die seiner würdig waren. Er schrieb die Terzine dieses eigenartigen Gedichts ab, das zu analysieren er sich vorgenommen hatte, und dachte aufs neue an den Titel des Kongresses. Er versuchte, es ins Italienische zu übertragen und las es sich laut vor, um den Effekt zu spüren, den es auf das Publikum machen würde:

> Woraus entstehen unsere Gedichte? Wo?
> Welcher vergiftete Traum ist ihr Ebenbild,
> wenn der Dichter ein Gekränkter ist, und der Rest
> Wolken?

Der Dichter gefiel ihm eigentlich ganz gut: trocken und realistisch, mit einem klaren Blick auf die Dinge, wenn auch getrübt von einem metaphysischen Schleier, den er für überflüssig hielt. Bei genauerer Betrachtung lag etwas Larmoyantes in dieser spätromantischen Anspielung auf einen nicht näher bestimmten Himmel, in dem die poetischen Konzepte in abstrakter Form herumschwirren sollten, bis sie in Gestalt von Worten den gemeinen Behälter des Dichters füllten, eines sterblichen, von der Sünde und vom Haß vergifteten Menschen. Aber vielleicht war sich dieser auf elegante Weise melancholische Dichter dessen gar nicht bewußt: Vielleicht hatte er die Worte geschrieben, ohne deren Bedeutung zu verstehen, vielleicht hielt er sie für geheimnisvolle Wesen, die aus unbekannten Tiefen des Kosmos stammten. Aber für ihn, der sie las, waren sie durchaus nicht geheimnisvoll, sie waren klar wie Wasser, und er wußte, daß er den Schlüssel zu ihnen besaß; er konnte sie ergreifen und sie auf seiner Handfläche halten, mit ihnen spielen, wie mit den Holzbuchstaben eines Kindersetzkastens. Er lächelte und schrieb: *Der Haß und die Wolken. Eine rhythmische Lesart eines Gedichts des 20. Jahrhunderts.* Er war der wahre Dichter, dessen war er sich sicher.

Warten auf den Winter

Und dann der Geruch der vielen Blumen: widerlich. Aber auch das Haus, der Regen, der einen Schleier über die Bäume legte, die Gegenstände in den Vitrinen – spanische Fächer, eine schwangere Madonna aus Cuzco, die Barockengel, die Pistolen aus dem siebzehnten Jahrhundert: Alles war ihr zuwider, und auch das ist Schmerz, ist ein Ausdruck des Schmerzes, in dem die Trauer enthalten ist: die Abneigung gegenüber den Dingen um uns, gegenüber ihrer sturen und unabänderlichen Anwesenheit, die von den Wechselfällen des Lebens nichts ahnt und sich in einer ungreifbaren Immanenz offenbart, einer auffälligen, unschuldigen und deshalb ungreifbaren Körperlichkeit. Ach, sagte sie, ich schaffe es nicht, ich glaube, ich schaffe es nicht. Und indem sie das sagte, führte sie eine Hand an die heiße Stirn und mit der anderen hielt sie sich an der Rückenlehne eines Stuhles fest. Ein Knoten ungeweinter Tränen schnürte ihr die Kehle zu, und sie betrachtete sich im Spiegel. Sie sah ein würdevolles, edles, vielleicht hochmütiges Abbild, und sie dachte auch: Unmöglich, das bin ich. Und doch war sie *das*, und auch darin bestand ihr Schmerz: In der Trauer der alten Frau, die schmerzhafte Bekanntschaft mit dem Tod gemacht hatte, lebte auch der Schmerz um dieses Abbild einer alten, blassen, eleganten Frau, deren Haare von einer Mantille aus schwarzer Spitze bedeckt waren; einer Mantille, dachte sie, die in düsteren Zimmern von den genauen und müden Händen schweigsamer und unglücklicher iberischer Frauen gewebt worden war. Und es fiel ihr Sevilla ein, Sevilla vor vielen Jahren, der Giraldaturm, die Jungfrau von Macarena, die feierliche Gedächtnisfeier für einen vor Jahrhunderten verstorbenen Dichter in einem Saal voller würdiger, düsterer Möbel. Aber in diesem Augenblick klopfte es an der Tür und Françoise trat ein. Madame, der Herr Minister möchte empfangen werden, sagte sie. Ein Schatz, diese Françoise. So winzig, so zerbrechlich schien sie, mit ihrem Mausegesicht und der runden Brille, die ihr das Aussehen eines ewig gleichbleibenden Kindes gab. Sie dachte an Françoises Intelligenz, die genauso umfassend wie stumpf war. Er soll im Wohnzimmer auf mich warten, sagte sie. Ich komme in ein paar Minuten. Es gefiel ihr, so zu sprechen. »In ein paar Minuten«, »einen Augenblick«, »er soll einen Moment auf mich warten«: Das war eine zivilisierte Art, hochmütig und sich selbst fern zu sein, wie ein Schauspieler, der es genießt, auf der Bühne ein anderer zu sein, um die Leere in sich zu vergessen. Sie betrachtete sich noch einmal im Spiegel und rückte die Mantille zurecht. Nicht weinen, sagte sie zu der schönen, alten Frau, die ihr entgegenblickte, denk daran, daß du nicht weinen darfst.

Aber es war unmöglich zu weinen. Denn der Minister war rosig, dicklich und schwarz gekleidet, und er küßte ihr mit einer kleinen Verbeugung die Hand; er entsprach der Situation, war auch gebildet, was bei Ministern selten der Fall ist, und bewunderte den Verstorbenen aufrichtig: Und all das war dem Weinen nicht förderlich. Wäre er wenigstens ein mittelmäßiger Mensch gewesen, der seinen Besuch aus Pflichtgefühl und Bürgersinn abstattete, ein Mensch, der an naheliegende Phrasen gewohnt war, an den Umständen entsprechende, feierliche Worte, an Ministerformeln: Ja, dann hätte sie geweint und ihrer umfassenden, diffusen, doppelbödigen Trauer freien Lauf gelassen. Aber nicht bei diesem Mann, der angesichts der Trauer um die Kultur aufrichtigen Schmerz empfand. Das waren tatsächlich seine Worte: Unsere Kultur verliert heute ihre bedeutendste Stimme. Und das war richtig und unwiderlegbar, ließ keinen Raum zum Weinen. Sie dankte ihm mit einer aufrichtigen und eindeutigen, mit fester Stimme vorgebrachten Phrase: Und auch das war ein Teil der kultivierten und ehrlichen Trauer, die die Menschen erfunden haben und die für die dunklen Formen des Schmerzes keinen Platz läßt. Ach, wie gerne hätte sie geweint. Und dann spielte er auf die Dankbarkeit an, die Rührung hervorruft und die eine kleinere Form des Schmerzes ist und die sich in einer sehr peripheren Zone ihrer Seele befand, dort, wo auch die wehmütige Erinnerung zu Hause war. Und mit Dankbarkeit sprach er auch von Projekten, von Initiativen, von einer Dankesschuld, die der Staat einlösen wollte: eine Stiftung, vielleicht ein Museum, mit Stipendien und offiziellen Feierlichkeiten. Regelmäßig wiederkehrenden, erklärte er. Und das heiterte sie auf, gab ihr ein Gefühl der Erleichterung ohne Trost, ließ sie an eine bereits vollendete Zukunft denken, an die obligate Errichtung eines Monuments. Sie dachte auch, wie sehr die Nation gewachsen und wie reif sie geworden sei, auf ihre Weise sogar intelligent, was sie sich ihr ganzes Leben gewünscht hatte, und sie sagte, ja, gewiß, das Land verdiene dieses Erbe, sie dankte für das Angebot und den Vorschlag, aber in diesem Haus lebe noch immer sie, sie würde hier noch ein wenig leben, das Leben dauere nicht lange, und sie wolle es nicht mit dem Gefühl einer Nation teilen, auch wenn es noch so edel sei.

Und inzwischen war der Vormittag fortgeschritten, und im Garten stand eine große Menschenmenge. Der Minister ging, und sie trat ans Fenster. Der starke Regen war einem feinen Nebel gewichen, der von der Erde aufzusteigen schien. Sie sah die Autos, die lautlos vorfuhren und denen Herren mit ernsthafter Miene entstiegen, die vom Zeremonienmeister mit dem Schirm empfangen und zum Eingang geleitet wurden. Die effiziente und praktische Formalität des Staatsbegräbnisses gab ihr ein leises Gefühl der Erleichterung, denn sie weckte ihren praktischen Sinn für das Ritual. Sie spürte, daß sie nicht länger in der Einsamkeit ihres Zufluchtsortes verweilen durfte; sie schloß die Vorhänge, ging zur Treppe und stieg hinab, ohne sich an der Handleite festzuhalten: Langsam, erhobenen Kopfes, blaß, stolz, angespannt und trockenen Auges blickte sie den Leuten ins Gesicht und gab ihnen gleichzeitig zu verstehen, daß sie niemandem ins Gesicht blickte, daß ihr Blick woandershin gerichtet war: in ihre Vergangenheit vielleicht, oder in das Innere ihrer Seele; auf keinen Fall jedoch war er hier, zwischen den Dingen dieser tadellosen, geschmackvoll und gediegen ausgestatteten Aufbahrungskammer. Am Kopfende des Sarges stehend, so wie man bei einem Lebenden wacht und nicht bei einem Toten, harrte sie darauf, daß die Leute an ihr vorbeizogen, daß sie ihr die Hand küßten, sich vor ihr verbeugten, Phrasen der Trauer und des Abschieds murmelten. Und während sie da wachte, stehend, auch sich selbst fern, schlug ihr Herz ruhig, regelmäßig und langsam, ohne etwas von der totalen Zerstörung zu ahnen, die sie jedoch seltsamerweise physisch auf den Schultern spürte: eine fürchterliche und unwiderrufliche Feststellung.

Sie ließ sich von Françoise unterbrechen, die sie fast wie einen der Trauergäste, mit heiterer Gelassenheit, empfing, und folgte ihr ohne Einwand; sie überließ sich den tröstlichen Anweisungen, ließ sich an der Hand durch den Korridor führen, der ihr endlos lang erschien, und auch die heiße Consommé erschien ihr obligat und unumgänglich. Nein, ich möchte mich nicht ausruhen, antwortete sie auf die liebevolle Fürsorge des Mädchens, ich bin nicht müde, machen Sie sich keine Sorgen, ich halte schon durch. Aber die Worte waren weit weg, als hätte sie jemand anderer an ihrer Stelle ausgesprochen; und sie ließ es zu, daß Françoise sie mit sanfter Gewalt auf das Sofa drängte, daß sie ihr die Schuhe auszog und ihr ein mit Kölnischwasser getränktes Taschentuch auf die Stirn legte. Er lief den Strand entlang, am Ende des Strandes stand die Ruine eines griechischen Tempels, und er war nackt. Nackt wie ein heidnischer Gott, mit einem Lorbeerkranz auf dem Kopf, und das Laufen ließ seine Hoden lustig auf- und abhüpfen, und sie konnte sich vor Lachen kaum halten; sie lachte so sehr – so sehr, daß sie zu ersticken glaubte, und sie wachte auf.

Sie wachte mit einem Satz auf, panisch, denn gewiß hatte sie zu lange geschlafen, und inzwischen war alles vorbei: Gespräche, Besuche, Trauerfeier, Begräbnis, vielleicht auch der Tag, und inzwischen war tiefe, dunkle Nacht, und gewiß stand Françoise im Gang, schlaflos, mit geröteten Augen und ihrem üblichen stoischen Spatzenblick, Françoise, die zu ihr sagen würde: Ich mußte Sie schlafen lassen, Madame, Sie konnten einfach nicht mehr. Sie trat an die Tür und sofort vernahm sie das Flüstern der Trauergäste im Erdgeschoß. Aber wie spät war es, um Himmels willen? Sie ging zum Fenster und riß die Fensterläden auf: Milchiggraues Tageslicht überflutete sie. Sie hörte, wie die chinesische Pendeluhr im Vorzimmer zweimal schlug. Diese affektierte Pendeluhr aus gelacktem Holz, so winzig, so . . . monströs. Und sie spürte deutlich, plötzlich und zum ersten Mal, daß sie sie haßte. Und dabei hatte sie sie gekauft und immer geglaubt, sie zu lieben. Nein, sagte sie sich mit Heftigkeit, ich werde nicht mehr an Macao denken, ich will mich an nichts erinnern, heute nicht. Sie hatte zehn Minuten geschlafen. Sie schloß sich im Bad ein und erneuerte ihr Make-up. Der kurze Schlaf hatte ihr die Frisur durcheinandergebracht und ihr zwei tiefe Furchen in das helle Puder gegraben. Zuerst wollte sie die Blässe mit Schminke überdecken, aber dann ließ sie es bleiben. Sie putzte sich die Zähne, um den Kampfergeschmack zu vertreiben, den sie im Mund hatte; komisch, ein Kampfergeschmack: Das kam von dem Ekelgefühl, das ihr die vielen Blumen im Haus verursachten. Sie ging hinaus, weil sie wußte, Françoise wartete im Wohnzimmer auf sie; sie hatte sich für zwei mit dem deutschen Verleger verabredet und wollte ihn nicht warten lassen. Als sie eintrat, erhob sich der feierliche Herr und machte eine kleine Verbeugung. Er war übergewichtig, und seltsamerweise munterte sie das auf. Françoise hatte einen Notizblock auf den Knien liegen. Wenn Sie lieber in Ihrer Sprache sprechen, wird meine Sekretärin dolmetschen. Der korpulente Herr nickte, er ersparte ihr die den Umständen entsprechenden Reden, er war exakt, konkret, aufrichtig geschäftlich, und das hatte seinen Vorteil. Ich kaufe das Tagebuch, sagte er auf französisch. Ihr Gatte hat in einer entscheidenden Zeit in meinem Land gelebt, er kannte bedeutende Persönlichkeiten aus Politik und Kultur, seine Erinnerungen stellen für uns ein Dokument von größtem Wert dar. Er hüstelte und schwieg, in Erwartung einer Antwort, die nicht kam. Das irritierte ihn vielleicht, denn er richtete sich auf und rückte heldenhaft auf geschäftliches Terrain vor. Ich zahle in Mark, sagte er, sofort und ohne Vertrag, es genügt mir eine Option. Er sagte es auf Deutsch, und Françoise übersetzte prompt. Durch den vermittelnden Charakter der Übersetzung klang der Vorschlag weniger vulgär, und sie war ihm dankbar, wenigstens dieses Feingefühl besessen zu haben. Und das erleichterte die Antwort, denn auch sie verzichtete auf das Französische; und die Worte, die sie aussprach, und die von Françoise in anderen, unverständlichen Worten wiedergegeben wurden, hatten ein Eigenleben, das nichts mit ihr zu tun hatte; sie gehörten ihr nicht, hatten keinen Sinn mehr. Ihre Sekretärin würde ihm schreiben, jetzt sei nicht der Augenblick, Entscheidungen zu treffen, sie hoffte, daß er verstand; sicher würde sie daran denken, daß sein Angebot das erste gewesen sei, aber jetzt, wenn er sie bitte entschuldigen wolle, habe sie andere Pflichten. Sie sah Françoise an. Andere Pflichten wie . . . sie wußte es nicht, es war ihr egal; Françoise warf einen Blick in ihren Notizblock und dachte an alles. Sie überließ sich diesem kindlichen Gefühl und folgte Françoise. Und dieses Gefühl, ein verlassenes Kind zu sein, das, durch den Schutt der Jahre hindurch, aus verborgenen Tiefen ihres müden Altfrauenkörpers auftauchte, ließ sie wieder den quälenden Wunsch verspüren, zu weinen, haltlos zu schluchzen; aber gleichzeitig spürte sie auch eine Leichtigkeit, fast eine Hysterie; und einen Augenblick lang hatte sie das Gefühl, das Kind, das in ihr zum Vorschein gekommen war, könnte springen, Ringelreihen tanzen, einen Auszählreim trällern. Und das, was sie den Wunsch hatte verspüren lassen zu weinen, nahm ihr auch den Wunsch zu weinen; und dann sickerte aus der Bibliothek ein hartes Licht, auf dem Boden wanden sich Kabel, und jemand sprach viel zu laut. Sie möchten ein Interview für die Abendnachrichten, sagte Françoise, der Präsident des Fernsehens hat persönlich angerufen, ich habe ihnen höchstens drei Minuten zugestanden, aber wenn Sie sich nicht danach fühlen, schicke ich sie wieder weg. Ils sont des bêtes, fügte sie verächtlich hinzu.

Aber das stimmte eigentlich nicht. Der Journalist war ein junger Mann mit magerem, intelligentem Gesicht und knochigen Händen, die das Mikrophon malträtierten; er schien das Werk des Verstorbenen sehr gut zu kennen, er begann mit ein paar Zitaten aus einem Jugendwerk, und hinter seiner intelligenten Gelassenheit versteckte sich auch eine leise Verlegenheit, das sah sie. Er bat sie um die Interpretation eines Satzes, der zu einem Motto geworden war, fast zum Symbol einer ganzen Generation: Auch die Schulen hatten sich ihn inzwischen angeeignet, in einer positiven Bedeutung natürlich, denn die Schulen liebten positive Definitionen; aber, und das fragte er nun sie, enthielt diese Definition der Menschen nicht vielleicht eine leise Ironie, einen maskierten und ein wenig hinterhältigen, negativen Kern? Die Unterstellung stimmte sie fröhlich und gestattete ihr eine oberflächliche, als Unvorbereitetsein getarnte Antwort; es war eine Frage, die ihr so großzügig den Rückzug auf die Rolle der Schriftstellerwitwe gestattete, auf die Rolle derer, die von den Lieblingskrawatten ihres Mannes sprechen kann; und somit war die Antwort banal und entwaffnend, weit unter dem Niveau der Frage, und genau das erwartete der Journalist von ihr. Er bestätigte ihr auf sublime Art und Weise, daß sie eine feinsinnige, intelligente Frau war, eine hervorragende *Gefährtin*, und daß sie wertvolles Zeugnis ablegen konnte. Und das führte direkt zur biographischen Indiskretion, zu einer eleganten Indiskretion, denn der junge Mann war ein liebenswürdiger Mensch, den es im Namen seiner Zuseher freuen würde, wenn sie eine Episode aus ihrer beider Leben erzählen könnte. Was natürlich heißen sollte, eine Episode aus seinem Leben. Und sie erzählte ihm eine, warum auch nicht?, und sie wählte eine keusche, natürlich – eine keusche mit einem Tüpfelchen von Noblesse, denn die Leute, vor allem die vulgären, lieben die Noblesse. Und dabei verspürte sie einen dumpfen Groll gegen sich, denn sie hätte gern eine ganz andere Episode erzählt, aber gewiß nicht diesem höflichen jungen Mann, und nicht im grellen Licht der Scheinwerfer. Sie schwieg. Und verzog den Mund zu einem müden, würdevollen Lächeln.

Von der Fahrt zum Dom nahm sie nichts zur Kenntnis, nur verschwommene, rasch vorbeiziehende Bilder, die von den Sinnen aufgenommen, aber nicht behalten werden. Man ließ sie in einen dunklen, grau ausgekleideten Wagen einsteigen, mit lautlosem Motor und lautlosem Chauffeur; und auch bei der Trauerfeier war sie anwesend, als ob sie nicht anwesend wäre; sie war nur mit dem Körper da, und ihr Geist schweifte nach Belieben in anderen Gefilden, in der Geographie der Erinnerungen. Paris, Capri, Taormina; und dann tauchte eine bescheidene, malerische Hütte auf, die sie nicht zu lokalisieren vermochte, und das kam ihr komisch vor; sie konzentrierte sich voll und ganz auf ein Zimmer, an das sie sich in unbedeutenden und leuchtenden Details erinnerte – ein einfaches Messingbett, über dem Bett eine auf volkstümliche Weise gemalte Heilige Familie, aber unglaublich, sie erinnerte sich nicht an den Ort. Wo war das? Und in der Zwischenzeit hatte der Erzbischof seine lange Rede gehalten, die sicherlich ganz hervorragend gewesen war. Ihr war kalt. Und das war die einzige Empfindung, oder vielmehr das einzige *Gefühl*, dachte sie, das ihren Geist zu beschäftigen vermochte: die enorme Kälte im Bauch, als drückte ein Eisblock gegen ihre Magenwände, so daß sie den Rest der Feier mit in den Schoß gepreßten Händen verbrachte. Und dann breitete sich die Kälte aus und kroch in ihre Glieder: in die Hände nicht, denn die waren glühend heiß, aber in die Schultern und die Unterarme, und auch in die Beine und Füße, die sie schon gar nicht mehr spürte, als wären sie bereits gefroren, obwohl sie die Zehen in den Schuhen krampfhaft bewegte. Sie fröstelte, und es gelang ihr nicht, es zu verbergen. Um nicht mit den Zähnen zu klappern, preßte sie die Kiefer aufeinander, bis die Gesichts- und Halsmuskeln schmerzten. Françoise bemerkte ihr Unwohlsein und nahm ihre Hände in die ihren; sie flüsterte ihr etwas ins Ohr, das sie nicht verstand, vielleicht, daß sie hinausgehen sollte, aber das war jetzt nicht mehr wichtig, denn die Feier war bereits vorbei, der Sarg durchquerte auf den Schultern der Träger das Mittelschiff, und sie fand sich, ohne zu wissen wie, in demselben Wagen mit demselben Chauffeur wieder, der sie nach Hause brachte, und Françoise hatte sie mit ihrem Mantel zugedeckt und legte ihr einen Arm um die Schultern, um sie zu wärmen. Und es war nicht einfach, sie freundlich zu verabschieden, ihr sanft, aber bestimmt zu verstehen zu geben, daß sie sie diese Nacht nicht bei sich haben wollte, daß sie dieses riesige, leere Haus allein betreten und daß sie allein darin verweilen wollte, daß ihr – wenn sie etwas benötigen sollte – die Fürsorge der Hausangestellten genügte, daß dies der erste Abend der Einsamkeit war und daß sie der Einsamkeit allein entgegentreten wollte. Schließlich löste sie sich, Françoise küßte sie mit glänzenden Augen, und sie betrat das stille Vorzimmer, klingelte, ohne zu zögern, um sich der Hausangestellten zu entledigen; sie könne sich ruhig zurückziehen, sagte sie, sie brauche nichts, nur das Telefon solle sie bitte ausstecken. Als sie die Treppe hinaufstieg, hörte sie, wie die widerwärtige chinesische Pendeluhr siebenmal schlug. Sie blieb auf dem Treppenabsatz stehen und öffnete fast begierig das Glastürchen, hinter dem sich das Zifferblatt befand. Sie drehte die Zeiger mit dem Finger, absichtlich langsam, und die Pendeluhr schlug fröhlich achtmal, und dann neun-, zehn-, elf- und zwölfmal. Sie machte eine volle Umdrehung und sagte: Es ist schon morgen. Und dann machte sie noch eine Umdrehung und sagte: Es ist schon übermorgen. Und dann drehte sie die Zeiger zurück, und die Pendeluhr schlug gehorsam in umgekehrter Reihenfolge. Sie stieg wieder die Treppe hinab und betrat die Bibliothek, wo ein leichter Geruch von Zigarettenrauch in der Luft lag. Um ihn zu mildern, zündete sie ein Räucherstäbchen an und öffnete das Fenster. Inzwischen regnete es stark. Die Hausangestellte hatte im Kamin eine kleine Pyramide aus Holzscheiten und harzigen Pinienzapfen errichtet. Es genügte ein Streichholz, und sofort loderten die Flammen auf, zuckend und so hell, daß sie auch das große Licht ausmachen konnte. Sie machte es aus. Sie öffnete den Safe und nahm die Mahagonischatulle heraus. Darin lagen säuberlich geordnet die Manuskripte, in Bündeln, wie Banknoten von einem Gummiband zusammengehalten. Auf jedem Bündel stand ein Datum und seine Unterschrift. Sie nahm sie alle heraus und betrachtete sie einzeln. Die Wahl fiel ihr sehr schwer. Zuerst dachte sie an den Roman, aber dann verwarf sie die Idee. Den Roman zuletzt, im Februar vielleicht. Und auch nicht das Theaterstück. Und den Briefwechsel? Die Gedichte vielleicht, aber möglicherweise war das Tagebuch besser. Sie wog es in der Hand und betrachtete die Seiten. Dreihundert, stand mit Bleistift geschrieben auf der letzten Seite. Gott im Himmel. Sie setzte sich in den Sessel vor dem Kamin und knüllte die erste Seite zu einer Kugel zusammen, damit sie sie in die Flammen werfen konnte, ohne sich viel bewegen zu müssen. Sie sah zu, wie sie braun wie Tabak wurde, bevor sie zu Asche zerfiel. Armer Idiot, sagte sie, mein lieber armer Idiot. Sie ließ sich zurücksinken und blickte zur Decke empor. Der Winter würde lang sein, er hatte noch kaum begonnen. Sie spürte, wie sich ihre Augen mit Tränen füllten, und sie ließ es geschehen, daß sie ihr über das Gesicht flossen, reichlich, unaufhaltsam.

Inseln

1

Er dachte, daß er es so formulieren könne: Liebe Maria Assunta, mir geht es gut, und das hoffe ich auch von Dir. Bei uns ist es schon heiß, wir haben fast Sommer, im Gegensatz zu Euch, wo die schöne Jahreszeit wahrscheinlich noch nicht angebrochen ist, man hört ja so viel vom Nebel, und dann habt Ihr ja auch die Luftverschmutzung von der Industrie; jedenfalls erwarte ich Dich, wenn Du auf Urlaub kommen willst, auch mit Giannandrea, Gott segne Euch. Ich möchte Dir für die Einladung danken, und auch Giannandrea, aber ich habe beschlossen, hier zu bleiben; schau, ich und die Mama, wir haben hier fünfunddreißig Jahre gelebt, und wir haben so lange gebraucht, um uns einzugewöhnen: Als wir aus unserem Dorf kamen, fühlten wir uns hier wie in einer anderen Welt, wie im Norden, und im Grunde war es auch der Norden für uns, und inzwischen ist mir der Ort lieb geworden und ich habe so viele Erinnerungen, und seit dem Tod Deiner Mutter habe ich mich ans Alleinsein gewöhnt, und auch wenn mir die Arbeit fehlen wird, gibt es eine Menge Dinge, womit ich mir die Zeit vertreiben kann, wie zum Beispiel die Blumen pflegen, was ich schon immer gern getan habe, oder mich um die beiden Amseln kümmern, die mir ja auch Gesellschaft leisten, und dann, was sollte ich anfangen in einer großen Stadt? Und so habe ich beschlossen, in meinen vier Wänden zu bleiben, da sehe ich wenigstens den Hafen, und wenn es mich eines Tages überkommt, nehme ich das Fährschiff und besuche meine alten Kollegen und spiele eine Runde Karten; mit dem Fährschiff braucht man ja nur ein paar Stunden, und ich fühle mich darauf wie zu Hause, der Mensch hat ja Heimweh nach dem Ort, wo er sein ganzes Leben verbracht hat. Woche um Woche, ein Leben lang.

Er schälte eine Orange und ließ die Schale ins Wasser fallen und sah zu, wie sie auf dem Gischtstreifen trieb, den das Schiff im azurblauen Wasser zog, und stellte sich vor, daß die Seite vollgeschrieben war und er eine neue nahm, weil es ihm ein Bedürfnis war zu sagen, daß er jetzt schon Heimweh hatte; wie dumm, heute war sein letzter Tag im Dienst, und er hatte schon Heimweh: aber Heimweh wonach – nach diesem ereignislosen Leben, auf dem Schiff, einmal hin und einmal zurück, erinnerst Du Dich, Maria Assunta?, Du warst noch ganz klein, und Deine Mutter sagte: Ob dieses Kind wohl groß wird?, und ich stand so zeitig auf, da war es im Winter noch dunkel, und ich gab Dir einen Kuß und ging hinaus in die Kälte, nie gaben sie uns warme Mäntel: eine alte, blaugefärbte Pferdedecke, und fertig war die Uniform. In vielen, langen Jahren wird das zur Gewohnheit, und deshalb wiederhole ich: Was sollte ich in einer großen Stadt anfangen? Was sollte ich um fünf Uhr vormittags in Eurem Haus? Im Bett halte ich es nicht aus, ich stehe um fünf auf, seit vierzig Jahren, als hätte ich einen Wecker in mir. Und Du hast studiert, das Studium verändert die Menschen, auch wenn sie in derselben Familie aufgewachsen sind, und ich und Dein Mann, was haben wir uns zu sagen? Er hat seine Vorstellungen, die sich mit den meinen nicht vereinbaren lassen, und so gesehen verstehen wir uns nicht so recht. Ihr beide seid gebildete Menschen . . . Damals, als ich Dich mit Deiner Mutter besuchen kam, und nach dem Essen kamen Eure Freunde, und ich sagte den ganzen Abend kein Wort, denn ich kann nur von meinem Leben sprechen, von dem, was ich selbst erlebt habe, und Du hattest mich gebeten, nicht von meinem Beruf zu sprechen. Und dann ist da noch etwas: Es wird Dir dumm vorkommen, und Giannandrea würde sich wohl totlachen, aber mit den Möbeln Eurer Wohnung könnte ich nicht leben, sie sind aus Glas, und ich stoße dagegen, weil ich sie nicht sehe. So viele Jahre, verstehst du, mit meinen Möbeln und der Gewohnheit, um fünf aufzustehen.

Er stellte sich vor, wie er diese letzte Seite zusammenknüllte, so wie er sich vorgestellt hatte, sie zu schreiben, und warf sie ins Meer, und es war ihm, als könne er sie gemeinsam mit den Orangenschalen dahintreiben sehen.

2

Ich habe Sie rufen lassen, damit Sie mir die Handschellen abnehmen, sagte der Mann leise.

Sein Hemd war über der Brust offen, und seine Augen waren geschlossen, als schliefe er. Die Gesichtsfarbe des Mannes war von einem ungesunden Gelb, aber vielleicht kam das von dem Vorhang über dem Bullauge, der die ganze Kabine in ein gelbes Licht tauchte. Wie alt konnte der Mann sein – dreißig, fünfunddreißig? Vielleicht war er nicht älter als Maria Assunta, im Gefängnis altert man schnell. Und dann mit diesem ausgezehrten Gesicht. Er wollte den Mann nach seinem Alter fragen, er war mit einem Mal neugierig geworden. Er nahm seine Kappe ab und setzte sich auf das Bett gegenüber. Der Mann hatte inzwischen die Augen geöffnet und blickte ihn an. Seine Augen waren himmelblau, und das stimmte ihn aus irgendeinem Grund traurig. Wie alt sind Sie, fragte er. Normalerweise sprach er die Gefangenen nicht mit Sie an, nicht aus Bosheit, sondern weil er nicht anders konnte.

Vielleicht fühlte er sich schon außer Dienst. Oder vielleicht, weil dieser da ein Politischer war, und die Politischen sind etwas anderes. Der Mann setzte sich und blickte ihn mit seinen großen, hellen Augen an, lange und schweigend. Er hatte einen blonden Schnurrbart und zerzaustes Haar. Er ist jung, dachte er, jünger als er aussieht. Ich sagte, Sie sollen mir die Handschellen abnehmen, sagte er mit müder Stimme. Ich möchte einen Brief schreiben und außerdem tun mir die Hände weh. Der Mann spricht mit nördlichem Akzent, dachte er, aber er konnte die nördlichen Akzente nicht gut voneinander unterscheiden. Piemontesisch vielleicht. Haben Sie Angst, ich könnte Ihnen davonlaufen? Jetzt lag ein ironischer Ton in seiner Stimme. Glauben Sie mir, ich werde Ihnen weder davonlaufen noch Sie angreifen, noch sonst etwas tun. Ich hätte nicht einmal die Kraft dazu. Er drückte eine Hand auf den Magen und verzog den Mund zu einem kurzen Lächeln, das ihm zwei tiefe Furchen in die Wangen grub. Und außerdem ist das meine letzte Reise, sagte er. Als er die Handschellen los war, begann er in einem kleinen Leinensack zu wühlen. Er zog einen Kamm, einen Füllhalter und ein gelbes Heft heraus. Wenn Sie nichts dagegen haben, wäre ich beim Schreiben gerne allein, sagte er, Ihre Anwesenheit stört mich. Ich wäre Ihnen dankbar, wenn Sie vor der Kabine warteten. Bleiben Sie vor der Tür stehen, wenn Sie Angst haben, aber ich verspreche Ihnen, ich werde keine Unannehmlichkeiten machen.

3

Und dann, irgendeine Beschäftigung würde er schon finden. Wenn man eine Beschäftigung hat, ist man gar nicht so allein. Aber eine ernsthafte Beschäftigung, die außer der Befriedigung auch ein wenig Geld abwirft. Zum Beispiel Chinchilla. Er wußte alles über Chinchilla, theoretisch. Er hatte es sich von einem Gefangenen erklären lassen, der Chinchilla gezüchtet hatte, bevor er im Gefängnis landete. Es sind niedliche Tierchen, man darf ihnen nur nicht mit den Händen zu nahe kommen. Und sie sind widerstandsfähig, passen sich leicht an und pflanzen sich auch dann fort, wenn sie es nicht sehr hell haben. Vielleicht reichte sogar der Abstellraum im Keller, vorausgesetzt, daß die Hausverwaltung es ihm gestattete. Aber er konnte das Ganze auch mehr oder weniger heimlich betreiben. Und der Mieter vom ersten Stock hielt sich in seinem Keller sogar Hamster.

Er lehnte sich an die Reling und lockerte den Hemdkragen. Es wurde langsam heiß, und dabei war es noch nicht einmal neun. Das würde der erste richtig heiße Sommertag werden, er fühlte es. Und es war ihm, als spürte er einen Geruch von verbrannter Erde, und mit dem Geruch tauchte das Bild von einem Feldweg auf, der von Kakteen gesäumt war: eine gelbe Landschaft unter der Sonne, ein Kind, das barfuß auf ein Haus zulief, vor dem ein Zitronenbaum stand – seine Kindheit. Er zog eine zweite Orange heraus und begann sie zu schälen. Er hatte am Vorabend eine Tüte voll gekauft. Zu einem unmöglichen Preis, angesichts der Jahreszeit, aber er hatte sich eine Laune gestattet. Er warf die Schale ins Meer und sah, ganz klar, die Küste. Die Strömungen zeichneten helle Streifen in das Azurblau, wie Spuren von anderen Schiffen. Er rechnete schnell nach: Der Polizeiwagen erwartete ihn am Kai, die Übergabe dauerte ungefähr eine Viertelstunde, gegen Mittag konnte er in der Kaserne sein, zu Fuß waren es nur ein paar Schritte. Er tastete in seiner Innentasche nach seinem Entlassungsschein. Wenn er Glück hatte und den Feldwebel in der Kaserne antraf, war er um eins fertig. Und um halb zwei saß er bereits in der Pergola der Trattoria am Ende des Hafens. Er kannte sie seit Jahren und hatte noch nie dort gegessen. Wenn er an ihr vorbeiging, blieb er stehen und las das Tagesmenü, das auf einem Schild unter einem metallisch blauen Schwertfisch angeschlagen war. Er spürte eine Leere im Magen, aber es war gewiß kein Hunger. Trotzdem überließ er sich Überlegungen gastronomischer Natur, denn es fielen ihm Gerichte ein, die auf dem Schild unter dem Schwertfisch angekündigt wurden. Heute Fischsuppe und Seebarben, sagte er sich. Und gebratene Zucchini, darauf hatte er vielleicht einen Appetit. Und zum Abschluß Obstsalat, oder noch besser, Kirschen. Und Kaffee. Und dann würde er sich ein Blatt Papier und ein Kuvert geben lassen und den Nachmittag damit verbringen, den Brief zu schreiben: Schau, Maria Assunta, man ist gar nicht so allein, wenn man eine Beschäftigung hat, aber eine ernsthafte, die außer der Befriedigung auch ein wenig Geld abwirft. Und so habe ich beschlossen, Chinchilla zu züchten, das sind nette Tierchen, man darf ihnen nur nicht mit den Händen zu nahe kommen. Und sie sind widerstandsfähig, passen sich leicht an und pflanzen sich auch dann fort, wenn sie es nicht sehr hell haben. Aber bei Euch zu Hause wäre das geradezu unmöglich, versteh mich recht, Maria Assunta, nicht wegen Giannandrea, den ich sehr schätze, auch wenn unsere Vorstellungen nicht übereinstimmen, sondern es ist eine Frage des Platzes, denn hier habe ich wenigstens den Abstellraum im Keller, der zwar nicht ideal ist, aber wenn der Mieter vom ersten Stock in dem seinen Hamster hält, dann sehe ich keinen Grund, warum ich in meinem nicht Chinchilla züchten sollte.

Die Stimme hinter ihm ließ ihn beinahe hochfahren. Herr Gefreiter, der Gefangene läßt Sie rufen.

4

Der Bursche, den man ihm als Eskorte mitgegeben hatte, war eine Bohnenstange mit einem Gesicht voller Pusteln und mit zu kurzen Ärmeln für seine langen Arme. Er trug seine Uniform mit gequälter Miene und sprach so, wie man es ihm im Lehrgang beigebracht hatte. Er hat keinen Grund genannt, fügte er hinzu.

Er antwortete ihm, daß er auf seinem Posten an Deck bleiben dürfe, und ging die Treppe zu den Kabinen hinunter. Auf dem Weg durch den Clubraum sah er den Kapitän, der an der Bar mit einem Passagier plauderte. Seit Jahren sah er ihn nun. Auch der Kapitän hatte ihn gesehen und nickte ihm zu – eher ein Zeichen des Einverständnisses als ein Gruß. Es bedeutete, daß sie sich am Abend wiedersehen würden, auf der Rückfahrt. Er verlangsamte seinen Schritt, weil er ihm gerne gesagt hätte, daß sie sich diesen Abend nicht sehen würden: Heute ist mein letzter Tag im Dienst, ich bleibe auf dem Festland, ich habe einiges zu erledigen. Aber dann kam es ihm lächerlich vor. Er stieg die restlichen Stufen zu den Kabinen hinunter, ging durch den langen, blitzblanken Korridor, nahm den Schlüssel aus der Aktentasche. Der Gefangene stand vor dem Bullauge und betrachtete das Meer. Er drehte sich um und sah ihn mit seinen hellen Kinderaugen an. Ich möchte Ihnen diesen Brief anvertrauen, sagte er. Er hielt ein Kuvert in der Hand und streckte es ihm mit einer gleichzeitig schüchternen und gebieterischen Geste hin. Nehmen Sie ihn, sagte er, Sie müssen ihn für mich aufgeben. Er hatte sich das Hemd zugeknöpft und sich gekämmt, und die

Hoffnungslosigkeit war aus seinem Gesicht gewichen. Sind Sie sich bewußt, worum Sie mich da bitten? fragte er den Gefangenen, Sie wissen sehr gut, daß ich das nicht tun kann.

Der Gefangene setzte sich auf die Pritsche. Er blickte ihn ironisch an, so schien es zumindest, aber vielleicht waren es auch nur seine Kinderaugen. Sicher können Sie, sagte er, Sie brauchen nur zu wollen. Er hatte seinen kleinen Sack ausgeleert und den Inhalt Stück für Stück auf das Bett gelegt, als mache er eine Bestandsaufnahme. Ich weiß, was mit mir los ist, sagte er, sehen Sie sich den Überweisungsschein in Ihrer Tasche an, sehen Sie ihn sich an, wissen Sie, was das bedeutet? Es bedeutet, daß ich aus dem Krankenhaus nicht mehr zurückkomme, meine Reise ist eine endgültige, verstehen Sie? Das Wort *endgültig* hatte er eigenartig betont, als mache er einen Scherz. Er hielt inne, wie um Luft zu holen. Er drückte aufs neue die Fäuste auf den Magen, als hätte er einen eigenartigen Tick – oder Schmerzen. Dieser Brief ist für jemanden bestimmt, der mir viel bedeutet, und ich möchte nicht, daß er durch die Zensur geht, aus Gründen, die ich Ihnen nicht aufzählen werde, versuchen Sie mich zu verstehen, ich glaube, Sie haben mich schon verstanden. Die Schiffssirene heulte, wie immer, wenn der Hafen in Sicht kam – ein fröhliches Signal, fast wie ein Trompetenstoß.

Er antwortete unwillig, mit harter, vielleicht zu harter Miene, aber das war die einzige Möglichkeit, dieses Gespräch abzubrechen. Legen Sie Ihre Sachen in den Sack zurück, sagte er hastig und bemühte sich, ihm nicht in die Augen zu blicken, in einer halben Stunde, wenn wir an Land gehen, komme ich Ihnen die Handschellen anlegen. Er gebrauchte dieses Verb: anlegen.

5

Die wenigen Passagiere verliefen sich sofort, und der Kai war leer. Ein riesiger gelber Kran bewegte sich vor einem strahlend-blauen Himmel in Richtung zweier Rohbauten mit blinden Fenstern. Die Hafensirene kündigte den Beginn der Arbeitspause an, und fast gleichzeitig antwortete ihr eine Glocke aus dem Dorf. Es war Mittag. Wer weiß, warum die Anlegearbeiten so lange gedauert hatten. Die kreisförmig um den Hafen angelegten Häuser hatten rotgelbe Fassaden. Er dachte, daß sie ihm noch nie aufgefallen waren, und betrachtete sie, auf einem Eisenpflock sitzend, an dem ein Boot vertäut war. Er nahm seine Kappe ab. Es war wirklich heiß. Er ging langsam durch den Hafen, in Richtung der Eisenbahnüberführung. Vor der Tür des »Bar-Tabacchi« lag wie immer der alte Hund mit der Schnauze zwischen den Pfoten und begann müde mit dem Schwanz zu wedeln, als er vorbeiging. Vier Jungen in T-Shirts standen neben der Juke-Box und unterhielten sich lautstark. Eine heisere und etwas maskuline Frauenstimme führte ihn um ein gutes Stück in die Vergangenheit zurück. Sie sang *Ramona*. Es berührte ihn seltsam, daß dieser Schlager wieder modern war. Langsam wurde es Sommer.

Die Trattoria am Ende des Hafens war geschlossen. Der Besitzer machte sich mit einer weißen Schürze um den Bauch an der Tür zu schaffen. Er hielt einen Schwamm in der Hand und reinigte die Rolläden vom Salz und Sand des Winters. Der Wirt sah ihn an und erkannte ihn. Und er lächelte ihm zu, so wie man jemandem zulächelt, den man ein Leben lang gesehen hat und demgegenüber man nichts empfindet. Auch er lächelte ihm zu und ging seiner Wege. Er nahm die Straße mit den alten, nicht mehr benutzten Gleisen und ging bis auf die Höhe des Warendepots. Unter dem Dach des Depots befand sich ein Briefkasten. Der Rost hatte einen Großteil des roten Lacks aufgefressen. Auf dem Schildchen las er die Uhrzeit der nächsten Leerung: siebzehn Uhr. Er wollte nicht wissen, an wen der Brief adressiert war, aber er war plötzlich neugierig, wie der Empfänger hieß. Nur den Vornamen. Mit der Hand verdeckte er sorgfältig die Adresse und schielte auf den Vornamen: Lisa. Sie hieß Lisa. Er dachte, das ist ein schöner Name. Und erst jetzt fiel ihm auf, wie seltsam das war: Er kannte den Namen der Frau, die den Brief erhalten sollte, aber sie selbst kannte er nicht, und er kannte den Mann, der den Brief geschrieben hatte, aber seinen Namen kannte er nicht. Er wußte nicht mehr, warum man den Namen des Gefangenen nicht behält, den man übergeben muß. Er warf den Brief in den Schlitz und drehte sich dem Meer zu. Die Sonne war stark, und das Flimmern am Horizont verdeckte die pünktchengroßen Inseln. Er spürte, wie er zu schwitzen begann, und hob den Hut, um sich die Stirn zu trocknen. Ich heiße Nicola, sagte er laut. Niemand stand neben ihm.

Zimmer

Amelia betrachtet den leichten Nebelschleier, der sich in der Ferne auf das Hausdach senkt, und denkt: Es ist spät, wir müssen uns beeilen. Der Weg ist steil und kurvig, mit unbehauenen Granitsteinen gepflastert – ein von der Zeit versteinerter Fluß in der feuchten Abendluft –, Salbei- und Rosmarinsträucher säumen ihn, die Luft ist frisch und würzig, und gelbe Flecke überziehen bereits die Hänge; es ist schon wieder Oktober, denkt Amelia, vielleicht haben wir morgen den ersten Regentag. Amelia spricht immer im Plural mit sich, seit Jahren nun hat sie diese Gewohnheit; wenn sie darüber nachdächte, wüßte sie nicht, wann sie sie angenommen hat. Sie hat länger als gewöhnlich an der Orgel gesessen, und das gibt ihr ein leises Gefühl der Unruhe. Aber sie hat nicht widerstehen können, es war so schön, Pergolesi noch einmal in der leeren Kirche zu spielen; die Vesper war vorbei, die alten Frauen waren gegangen, und der Pfarrer hat es wie immer ihr überlassen, als letzte die Seitentür hinter sich zuschnappen zu lassen; die Fenster des Pfarrhauses neben ihr sind bereits hell erleuchtet, und das Licht über dem offenen Land geht in das Graublau der hereinbrechenden Nacht über. Sehr gut haben wir ihn gespielt, sagt Amelia und beschleunigt ihren Schritt.

Vom Kirchplatz aus ist ihr Haus kaum zu sehen: nur das Dach und die Fenster des oberen Stockwerkes; eine Kletterpflanze rankt bis zu den Fensterbänken empor, sie ist bereits herbstlich kahl; in Guidos Zimmer brennt ein fahles Licht: die abgedeckte Lampe auf dem Nachttisch. Neben der Messinglampe, auf dem gelben Spitzendeckchen, ein kleiner, wie ein Gebetbuch in Gold gebundener

Dante, ein Kristallflakon mit einer Skala, in dem sich die Arznei für die leichteren Anfälle befindet, eine Elfenbeinschatulle mit einem Rosenkranz aus Perlmutt, ein kleines Horn aus roter Koralle. Während sie geht, läßt Amelia im Geiste die Dinge an sich vorüberziehen, wie jemand, der die winzige Geographie eines Zimmers kennt. Der Schrank aus Nußholz nimmt die ganze hintere Wand ein. Ihre Mutter verstaute darin die Laken und Bettücher, und auch sie bewahrt sie noch darin auf: dicke, vergilbte Leintücher, die über Generationen hinweg die Träume ihrer Familie beherbergten; früher einmal gehörte zu dem Schrank ein großer Schlüssel, der größte an dem Bund, der auf einem Nagel in der Garderobe hing, wo die Schlüssel des ganzen Hauses hingen, mit Schildchen versehen, auf denen mit brauner Tinte stand: *Speisekammer, Wäsche, Abstelltruhe, Zimmerschrank.* Auf der rechten Seite des Schrankes, unter dem Fenster, steht ein kleiner Tisch mit einer Marmorplatte, und als Guido noch aufstehen konnte, schrieb er hier und betrachtete im viereckigen Ausschnitt des Fensters die Wipfel der Bäume und die Hänge. In der rechten Schublade, in einem kleinen, zusammenklappbaren Schachbrett versteckt, bewahrte er sein Tagebuch auf, das sie seit Jahren nun pünktlich jeden Morgen las, ihren Eindruck des vergangenen Tages mit der Beschreibung ihres Bruders vergleichend. Sie denkt, wie falsch das geschriebene Wort ist, was für eine unversöhnliche Präpotenz in den eindeutigen Wörtern liegt, den Verben, den Adjektiven, die die Dinge einsperren, sie mit einer starren, gläsernen Schicht überziehen, wie eine Libelle, die, seit Jahrhunderten in einem Stein eingeschlossen, noch immer aussieht wie eine Libelle, jedoch keine Libelle mehr ist. So ist das geschriebene Wort beschaffen, das imstande ist, Jahrhunderte zwischen die Gegenwart und die unmittelbare Vergangenheit zu rücken: indem sie sie fixiert. Aber die Dinge sind unbestimmt, denkt Amelia, und deshalb leben sie, weil sie unbestimmt und verschwommen sind und sich von den Wörtern nicht einsperren lassen.

Auf Guidos kleinem Tisch stehen aufgereiht die Bücher seines Lebens, die einen in altes Leder gebunden, die anderen in Pappeinbänden, die aussehen wie blauer Marmor mit aschgrauen Schlieren: die Evangelien, eine in Paris, in der Typographie der Gebrüder Michaud gedruckte Äneis aus dem 18. Jahrhundert, Tassos »Aminta«, Alfieris »Vita«, Petrarca, Shelley, die Gedichte Goethes, Manzonis »Adelchi«. Auf der weißen Seite vor dem Titelblatt, oben rechts, das Exlibris Guidos: ein sepiablaues Viereck mit einem Leuchtturm, der einen Lichtstrahl auf ein nächtliches Meer wirft, und darunter, in Kursiv, *guido*, mit kleinem Anfangsbuchstaben.

In der linken Lade, von verschiedenfarbigen Bändern zusammengehalten, liegen die Briefe, die Guido in seinem Leben erhalten hat. Sie hat sie nach Jahrgängen geordnet und sie entsprechend ihrer Bedeutung katalogisiert: die Akademie, die Universität, die italienischen und ausländischen Literaten, die Verleger, die Bittsteller. Manche beginnen so: *Lieber Freund und Meister*, in anderen heißt es nur: *Exzellenz*, und die Schriften sind ausladend und verschnörkelt. In den letzten Monaten der Krankheit sind nur wenige Briefe von den wenigen wahren Freunden gekommen, und ein formeller Brief der Akademie, in dem von der Sorge um den Gesundheitszustand des Meisters die Rede war, mit dem Wunsch einer baldigen Besserung. Amelia antwortete mit einem kleinen, höflichen Kärtchen: »Mein Bruder ist im Augenblick nicht in der Lage zu antworten, mit dem besten Dank für Ihre großzügige Anteilnahme.«

Auf der Spiegelkommode neben dem Fenster stehen die Bilder. Es sind fast ausschließlich Bilder von Guido und ihr, und eines von Mama als kleines Kind; die, auf denen die Mama und der Papa gemeinsam zu sehen sind, wollte sie in ihrem Zimmer stehen haben, auf ihrer Kommode. Während Amelia geht, betrachtet sie die Bilder und denkt, wie die Zeit vergeht. Wie die Zeit vergeht. Auf dem ersten Bild ist Guido zwölf Jahre alt; er trägt eine Herrenjacke, seine Samthosen reichen nur bis zum Knie und sind unten mit drei seitlichen Knöpfen zu schließen. Er trägt hohe Kinderschuhe, mit Schnallen, und sein rechter Fuß ruht auf einem Baumstumpf aus Pappe, den der Fotograf ins Atelier gestellt hat, um eine ländliche Atmosphäre zu schaffen. Auf die Leinwand im Hintergrund ist unpassenderweise ein Balkon gemalt, von dem aus man auf eine Art Golf von Neapel blickt, aber ohne Pinien und ohne Vesuv. In der rechten Ecke, quergestellt, der Schriftzug des Urhebers: Atelier Savinelli, Fotograf.

Amelia betrachtet das Foto daneben, und schon sind zehn Jahre vergangen. Es steckt in einem Silberrahmen; die Feuchtigkeit, die vielleicht mit dem Metall reagiert hat, hat an den Kanten ausgebuchtete Flecken erzeugt, wie die Ränder, die am Strand von den Wellen zurückgelassen werden. Guido steht zur Linken Amelias und bietet ihr den rechten Arm, auf den sie sich anmutig stützt, wie eine Braut. Guido trägt einen dunklen Anzug mit einer breiten Krawatte, den Hut an seiner Hüfte hat er an der Krempe gefaßt. Sie trägt ein weißes, duftiges Kleid mit einem Band in der Mitte. Auf dem Kopf hat sie einen Strohhut, der seinen Schatten auf ihr Gesicht wirft; er verdunkelt es bis zu den Augen, die man kaum sieht; der Rest des Gesichts ist jedoch von Licht überflutet, und ein naives und vielleicht sogar glückliches Lächeln läßt ihre weißen

Zähne sehen. Die Weinlaube hinter ihnen wirft dunkle Schattenpfützen auf den Hof. Auf dem schmiedeeisernen Tischchen steht ein Krug, den jemand mit Blumen gefüllt hat. Wie Braut und Bräutigam sehen sie aus, als ob die Feier gerade vorbei wäre. Es ist der Tag von Guidos Promotion, es gab ein Essen unter der Laube, und Amelia erinnert sich tatsächlich an alles: Die Mama und der Papa sind noch nicht tot, Papa hat sich beim Essen und Trinken übernommen, und jetzt sitzt er im Schatten der Laube, mit glänzendem Gesicht und über dem Hemd aufgeknöpfter Weste, und bei jedem Atemzug hebt und senkt sich darunter der große Bauch. Papa, denkt Amelia mit einer quälenden Sehnsucht. Nach der Mama verspürt sie sie nicht, diese Sehnsucht, an sie erinnert sie sich fast ohne Schmerz, allenfalls mit einer leisen, durch die ferne Erinnerung verblaßten Trauer: Sie war eine schweigsame Frau, blaß und winzig, die auf Zehenspitzen durch die Zimmer ging, und auf Zehenspitzen war sie durch ihr ganzes Leben gegangen. Sie war sehr früh gestorben, noch bevor Amelia verstand, was richtiger Schmerz ist, und hinterließ eine kaum wahrnehmbare Spur: die Erinnerung an ihre raschelnden Röcke und ihre blassen Hände, an die Art, wie sie sich die langen Haare kämmte, um sie dann in einem im Nacken zusammengerollten Zopf zu verstecken. Papa hingegen hatte eine laute Stimme, sein Schritt dröhnte in den Zimmern, und er füllte das Haus mit seiner Anwesenheit. In seiner kraftvollen Umarmung spürte sie Geborgenheit und eine eigenartige Hitze, die ihr die Röte in die Wangen trieb.

Amelia weiß, daß sie dieses Foto haßt. Sie hat es viele Jahre danach gelernt zu hassen, als der Haß keinen Sinn mehr hatte. Sie weiß das, und sie zieht es vor, den wahren Grund nicht zu kennen. Sie zieht es vor, sich über unbedeutende Details dieses weit zurückliegenden, auf der Fotoplatte festgehaltenen Augenblicks zu ärgern: über ihr kindliches, fast dummes Lächeln, die leicht hängende rechte Schulter Guidos, die vielleicht eine kleine Verlegenheit andeutet: über solch kleine, unbedeutende Details. Und neben diesem Foto stehen noch zwei, aber die haßt sie nicht; sie gehören zu ihrem wahren Leben, als die Entscheidungen bereits getroffen waren. Die Entscheidungen.

Welche Entscheidungen?, denkt Amelia, während sie geht und mit dem Stock einen Brombeertrieb zur Seite schiebt, der vom Rand her den Weg überwuchert. Seit kurzem verwendet sie den Stock, nicht, weil sie so alt ist – sie ist sehr gut zu Fuß und braucht keine Stütze –, sondern weil es ihr Spaß macht, Sonntag nachmittags mit dem Stock ihres Vaters auszugehen, einem schlanken, eleganten spanischen Rohr mit einem Silberknauf in Form eines kleinen Hundekopfes. Welche Entscheidungen.

Auf dem dritten Foto trägt Guido dem Anlaß entsprechend einen feierlichen Ausdruck zur Schau: Er trägt einen Talar, in der einen Hand hält er eine Pergamentrolle und mit der anderen stützt er sich auf den Rand des wasserlosen Springbrunnens im Hof der Universität. Das letzte Foto zeigt ein offizielles Essen; Guido, der in der Mitte der Tafel sitzt, ist der Jubilar. Die Aufnahme wurde gegen Ende des Essens gemacht, als der Wein bereits die Feierlichkeit des Anlasses auf ihren Gesichtern schmelzen hatte lassen und sie schutzlos und offen geworden waren. Literaten und Künstler sitzen da, und der kleine Magere am Ende der Tafel ist ein berühmter Musiker, den sie immer schon für genauso fade gehalten hat wie seine Kompositionen. Sie sitzt zur Rechten ihres Bruders, in ihren Augen ist Zufriedenheit und Genugtuung, aber ihre

Lippen sind dünn geworden, verglichen mit dem Foto, das sie als Achtzehnjährige zeigt, sie haben an Großzügigkeit und Hingabe verloren; es sind geizige, vorsichtige Lippen geworden, die sparsam mit den Worten umgehen, den Gedanken, dem Leben.

Wie seltsam die Zeit ist.

Herr Guido hatte einen Anfall, sagt Cesarina mit verhaltener Stimme, die Schmerzen müssen unerträglich gewesen sein, er hat sich in die Hände gebissen, um nicht zu schreien, dann begann er leise wie ein Tier zu wimmern, inzwischen ist er vielleicht eingeschlafen, er kann nicht mehr.

Cesarina ist eine junge Ehefrau mit frischen roten Backen und einem enormen Busen, ganz Milch und Blut, sie hat immer ihr Jüngstes bei sich und läßt es in einem Strohkorb auf dem Backtrog schlafen, ein riesiges, friedfertiges Kind, das nur aufwacht, um sein Essen zu verlangen; auf einem Küchenschemel sitzend gibt Cesarina ihm zu trinken. Sie ist im Dienst an die Stelle ihrer Mutter getreten; ihre Mutter hieß Fanny und war Zeit ihres Lebens im Haus beschäftigt gewesen; sie und Amelia waren gleich alt und als Kinder hatten sie zusammen gespielt; hätte Amelia geheiratet, dann hätte sie inzwischen eine Tochter in Cesarinas Alter und, manchmal denkt sie daran, zwei oder drei Enkel.

Sie antwortet ihr, daß sie sich jetzt um ihn kümmere; danke, in letzter Zeit ist es immer so; und jetzt gehen Sie ruhig nach Hause, es ist spät geworden, und die Straße ins Dorf ist finster und voller Löcher. Sie erwidert den Gutenachtgruß und nimmt die Wasserkaraffe; die Suppe ist fertig, sagt Cesarina noch, ich habe eine leichte Consommé gekocht. Amelia geht die Treppe hinauf und hört, wie das Tor sich öffnet und zufällt, dann ist im Haus nur noch das leise Tappen ihrer Schritte zu hören; durch einen Spalt in Guidos Tür dringt Licht, und im Vorbeigehen hört sie seinen regelmäßigen, schaurigen Atem: Er schläft. Vorsichtig öffnet sie die Tür daneben – ihr Zimmer – und schließt sie genauso vorsichtig: kaum ein Knarren des alten Holzes. Im Dunkeln zieht sie den Mantel aus und hängt ihn auf den dreibeinigen Kleiderständer neben der Tür; auf der Kommode, vor der Fotografie von Papa und Mama, brennt ein ewiges Licht: zwei altertümliche Gesichter in einem verblichenen Oval, die ins Leere lächeln. Im Halbdunkel sucht sie ihre Hausjacke und öffnet das Fenster. Die Luft ist scharf, und der Mond, der hinter dem Hügel hervorkommt, verstreut am Himmel einen von den Bäumen zerteilten, kreisförmigen Schein. Amelia legt sich aufs Bett und blickt hinaus, in die Nacht. Dieses Bett gehörte ihren Eltern, hier geschah es vor vielen Jahren, daß zwei Menschen sie zeugten. Die Wand, an der das Bett steht, trennt es von Guidos Bett. So, durch eine Wand getrennt, so viele Jahre. Daran denkt Amelia, und dann wieder an die Zeit. Fast ist ihr, als hörte sie sie verstreichen, jetzt, wo draußen alles schläft und die Stille groß ist: wie ein Rauschen, wie das Geräusch eines unterirdischen Flusses. Sie denkt daran, wie viele Nächte sie in diesem Bett geschlafen hat, in Gedanken an den Menschen, der auf der anderen Seite der Wand schlief. Und sie denkt an den Haß. Auch der Haß ist etwas Verschwommenes, läßt sich von den Worten nicht einsperren, hat die verschiedensten Ausformungen, hat Nuancen, Verästelungen, unmerkliche Kontraste, Entwicklungen, Höhen und Tiefen. Er bringt einen so weit, daß man einem Menschen den Tod wünscht. Sie hat diesen Wunsch so lange gehegt, im Verborgenen. Aber sie könnte nicht sagen, wie er entstanden ist: Es ist eigenartig, wie der Haß Gestalt annimmt: Ist er einmal deutlich und artikulierbar, dann ist er bereits in uns entstanden, dann hat er, in einer Falte der Seele versteckt, bereits in uns gelebt. Und dann war es vielleicht gar nicht Haß. Amelia denkt an diesen Ausdruck: die Falten der Seele. Und sie denkt, wie wahr er ist, denn die Seele hat viele Falten.

Sie vernimmt ein durchdringendes Stöhnen, wie ein Pfeifen. So wacht Guido auf, wenn die Schmerzen einsetzen. Dann wird daraus ein herzzerreißendes Wimmern, ein Gejaule, und manchmal ein einziger Schrei in der Nacht, ungeheuer und angstvoll. Sie steht auf und zündet die Lampe an. Auf dem Toilettetisch liegt auf einem Leinentuch die Metallschachtel bereit, in der sich die ausgekochte Spritze, der Alkohol, die Watte, die Phiolen befinden. Guido ist inzwischen aufgewacht, er kratzt mit einem Finger an der Wand, auf und ab, sein Nagel hat in die Wand über dem Bett eine tiefe Furche gegraben. Amelia nimmt die kleine Eisensäge und öffnet rasch die Ampulle, zieht die Spritze aus dem Futteral, preßt das Wasser aus der Nadel, saugt die Flüssigkeit aus der Phiole, dreht die Spritze nach oben und betätigt gekonnt den Kolben, um die letzten Luftblasen herauszudrücken, tränkt einen Wattebausch mit Alkohol, drückt ihn aus. Ich komme, Guido, sagt sie. Sie denkt daran, was Mitleid bedeutet, und weiß, daß ihre Hände es verabreichen. In der Brust spürt sie eine Leere, wie einen eiskalten Tunnel. Aber die Hände, die die Spritze halten, sind fest: ohne zu schaudern, ohne zu zittern.

Die Züge nach Madras

Die Züge von Bombay nach Madras fahren von der Victoria Station ab. Mein Reiseführer versicherte, allein eine Abfahrt von der Victoria Station sei eine Reise nach Indien wert, und dies war vor allem der Grund, warum ich dem Zug gegenüber dem Flugzeug den Vorrang gab. Mein Reiseführer war ein etwas exzentrisches Büchlein, das völlig unangemessene Ratschläge gab, und ich befolgte es wortwörtlich. Aber auch meine Reise war in Wahrheit völlig unangemessen, und somit war das Buch wie für mich geschaffen. Es behandelte den Reisenden nicht als ein nach Klischees hungerndes Beutetier, dem man, wie in den großen, hastig durchlaufenen Museen, drei oder vier Pflichtrouten empfahl, sondern als ein vagabundierendes, unlogisches, dem Müßiggang und dem Irrtum gewogenes Wesen. Mit dem Flugzeug, hieß es da, reisen Sie schnell und bequem, aber es entgeht Ihnen das Indien der kleinen Dörfer und der unvergeßlichen Landschaften. Bei den Langstreckenzügen riskieren Sie unvorhergesehene Aufenthalte, und vielleicht kommen Sie auch einen Tag später an als vorgesehen, aber Sie lernen das *wahre* Indien kennen. Haben Sie jedoch das Glück, mit dem richtigen Zug zu fahren, erreichen Sie Ihr Ziel pünktlichst und bequem, das Essen ist hervorragend und der Service perfekt, und ein Erste-Klasse-Ticket kostet Sie weniger als die Hälfte eines Flugtickets. Und Sie dürfen auch nicht vergessen, daß man in den indischen Zügen die unglaublichsten Bekanntschaften macht.

Diese abschließenden Erwägungen hatten mich endgültig überzeugt; und vielleicht hatte ich auch das Glück, mit dem richtigen Zug zu fahren. Ich hatte Landschaften von seltener Schönheit durchquert, die allein wegen der Menschen, die ich gesehen hatte, unvergeßlich waren, das Abteil war außerordentlich bequem, die klimatisierte Luft angenehm, der Service tadellos. Die Dämmerung brach an, und der Zug durchquerte eine Landschaft mit schroffen, roten Gebirgen. Der Kellner brachte einen Imbiß auf einem Tablett aus gelacktem Holz, reichte mir eine feuchte Serviette, goß den Tee ein und stellte unaufdringlich fest, daß wir uns im Herzen Indiens befänden. Während ich aß, richtete er meinen Liegeplatz her und erklärte, daß der Speisewagen bis Mitternacht geöffnet sei; wenn ich jedoch in meinem Abteil zu speisen wünschte, bräuchte ich nur zu läuten. Ich dankte ihm mit einem kleinen Trinkgeld und gab ihm das leere Tablett zurück. Dann lehnte ich mich rauchend zurück, und während ich durch das Fenster die fremde Landschaft betrachtete, dachte ich über meine seltsame Reise nach. Nach Madras zu fahren, um die Theosophische Gesellschaft zu besuchen, als Agnostiker, und noch dazu zwei Tage im Zug zu verbringen, war ein Unternehmen, das höchstwahrscheinlich den verschrobenen Autoren meines verschrobenen Reiseführers zugesagt hätte. Ich erwartete jedoch von einem Mitglied der Theosophischen Gesellschaft eine Information, die mir sehr viel bedeutete. Es war eine zarte Hoffnung, vielleicht eine Illusion, und ich wollte sie nicht im kurzen Zeitraum eines Fluges aufzehren, sondern sie in Ruhe hegen und genießen, wie man es mit teuren Hoffnungen zu tun pflegt, von denen man weiß, daß sie sich kaum verwirklichen werden.

Als der Zug bremste, fuhr ich benommen aus meinen Gedanken hoch. Möglicherweise war ich kurz eingenickt, und der Zug war bereits in einem Bahnhof eingefahren, dessen Namen ich nirgendwo sehen konnte. Ich hatte in meinem Führer gelesen, daß eine der Zwischenstationen Mangalore hieß, oder Bangalore, ich erinnerte mich nicht genau, aber jetzt hatte ich keine Lust, wieder den Führer aufzuschlagen und die Eisenbahnroute zu suchen. Auf dem Bahnsteig standen ein paar Reisende: auf westliche Art gekleidete, wohlhabend wirkende Inder, eine Gruppe von Frauen, ein paar geschäftig herumeilende Kofferträger. Es mußte eine bedeutende, industrialisierte Stadt sein. In der Ferne, jenseits der Geleise, sah man die Schlote einer Fabrik, hohe Gebäude und Alleen.

Der Mann betrat das Abteil, als der Zug schon wieder anfuhr. Er grüßte mich hastig, kontrollierte, ob die Nummer des freien Liegeplatzes mit der Nummer seines Tickets übereinstimmte, und als er festgestellt hatte, daß keine Mißverständnisse vorlagen, entschuldigte er sich für sein Eindringen. Er war Europäer, von pyknischer Statur, trug einen blauen Anzug, der in diesem Klima eher fehl am Platze war, und einen eleganten Hut. Sein Gepäck bestand nur aus einem Übernachtungsköfferchen aus schwarzem Leder. Er setzte sich auf seinen Platz, zog ein blütenweißes Tuch aus der Tasche und putzte, mit einem Lächeln auf den Lippen, sorgfältig seine Brille. Sein Blick war freundlich, wenn auch zurückhaltend, nahezu bedrückt. »Sie fahren auch nach Madras?« fragte er mich, und ohne meine Antwort abzuwarten: »Dieser Zug ist sehr pünktlich, wir kommen morgen früh um sieben an.«

Er sprach ein gutes Englisch mit deutschem Akzent, aber ich hielt ihn nicht für einen Deutschen. Ein Holländer, dachte ich ohne bestimmten Grund, oder vielleicht ein Schweizer. Er wirkte wie ein Geschäftsmann, auf den ersten Blick war er ungefähr sechzig Jahre alt, aber vielleicht war er auch älter. »Madras ist die Hauptstadt des drawidischen Indien«, fügte er hinzu, »wenn Sie noch nie dort waren, werden Sie Außergewöhnliches sehen.« Er sprach mit der etwas gleichgültigen Gelassenheit des Europäers, der Indien kennt, und ich bereitete mich auf eine von Banalitäten getragene Konversation vor. Ich teilte ihm wohlweislich mit, daß wir im Speisewagen essen konnten, da ich es vorzog, zwischen den zu erwartenden Banalitäten der unvermeidlichen Konversation die eine oder andere, im Rahmen eines kultivierten Mahles unumgängliche Sprechpause einzulegen.

Auf dem Gang stellte ich mich vor und entschuldigte mich, daß ich so zerstreut gewesen war und es nicht schon früher getan hatte. »Ach, das Vorstellen ist heute zu einer unnützen Formalität geworden«, sagte er mit seinem freundlichen Blick. Er deutete ein leichtes Nicken des Kopfes an. »Ich heiße Peter«, sagte er abschließend.

Bei Tisch erwies er sich als wertvoller Experte. Er riet mir von den vegetarischen Koteletts ab, die ich aus reiner Neugier bestellen wollte, »denn die pflanzlichen Bestandteile müssen vielfältig sein und gut verkocht«, sagte er, »und es ist unwahrscheinlich, daß dies in einem Zugrestaurant der Fall ist«. Schüchtern tippte ich auf andere Speisen, erregte aber stets sein Mißfallen. Schließlich nahm auch ich Lammtandoori, das er für sich bestellt hatte, denn »Lamm ist eine edle Opferspeise, und die Inder haben ein Gefühl für den rituellen Charakter der Speisen«.

Wir unterhielten uns lange über die drawidische Kultur, aber eigentlich sprach fast nur er, denn meine Beiträge beschränkten sich auf die typischen Fragen des Unwissenden, auf den einen oder anderen schüchternen Einwand, aber vor allem auf ungeteilte Zustimmung. Er beschrieb mir in allen Einzelheiten das Felsrelief von Mahabalipuram und die Anlage des Shore Temple; er erzählte mir von unbekannten, archaischen Kulten, die dem hinduistischen

Pantheismus fremd sind, wie zum Beispiel den weißen Adlern von Mahabalipuram; von der Bedeutung der Farben, den Begräbnisriten, den Kasten. Ich teilte ihm ein wenig zögernd mein Wissen mit: Ich sprach vom Vordringen der Europäer an die Küste der Tamilen, der Legende vom Martyrium des Heiligen Thomas in Madras, dem gescheiterten Versuch der Portugiesen, an dieser Küste ein zweites Goa zu gründen, ihrem Krieg mit den lokalen Königtümern, den Franzosen in Pondicherry. Er ergänzte meine Kenntnisse und korrigierte meine ungenauen Angaben über die Eingeborenendynastien, indem er Namen, Daten, Schauplätze und Begebenheiten nannte. Er sprach mit Sicherheit und Kompetenz, und seine Bildung deutete auf ein enormes Wissen hin, was mich vermuten ließ, er sei ein qualifizierter Experte, vielleicht ein Universitätsprofessor oder ein berühmter Wissenschaftler. Ich fragte ihn ohne Umschweife, mit einer gewissen Naivität, und rechnete mit einer positiven Antwort. Er lächelte nicht ohne gespielte Bescheidenheit und schüttelte den Kopf. »Nur ein einfacher Liebhaber«, sagte er, »eine Leidenschaft, die zu pflegen mir das Schicksal Gelegenheit bot.«

Mir war, als hörte ich in seiner Stimme einen gequälten Unterton, wie eine Trauer oder einen Schmerz. Seine Augen glänzten, und sein bartloses Gesicht war im Licht des Speisewagens noch blasser als sonst. Seine Hände waren zart und seine Bewegungen müde. In seiner Art lag etwas Unvollkommenes, Geteiltes, aber es war schwierig zu sagen, was genau es war: Ich dachte an etwas Ungesundes und Verborgenes, wie eine Schmach.

Wir gingen in unser Abteil zurück, ohne unser Gespräch zu unterbrechen, aber inzwischen hatte sich seine Begeisterung gelegt, und unser Gespräch war von langen Pausen unterbrochen. Während wir unsere Vorbereitungen für die Nacht trafen, fragte ich ihn ohne bestimmten Grund, bloß um etwas zu sagen, warum er im Zug reise und nicht mit dem Flugzeug. Ich meinte, für einen Menschen seines Alters müsse es angenehmer und bequemer sein, im Flugzeug zu reisen, anstatt sich einer derart langen Fahrt zu unterziehen, und wahrscheinlich rechnete ich damit, daß er mir seine Angst vor diesem Transportmittel gestehen würde, wie sie Menschen manchmal haben, die nicht von Jugend auf daran gewöhnt sind.

Herr Peter sah mich verwundert an, als sei ihm dieser Gedanke völlig neu. Dann hellte sich sein Gesicht plötzlich auf und er sagte: »Mit dem Flugzeug reist man schnell und bequem, aber es entgeht einem das wahre Indien. Gewiß riskiert man bei den Langstreckenzügen, einen Tag später anzukommen als vorgesehen, aber wenn man das Glück hat, mit dem richtigen Zug zu fahren, reist man sehr bequem und erreicht pünktlichst sein Ziel. Und im Zug bietet sich immer das Vergnügen eines Gesprächs, das im Flugzeug nicht möglich ist.«

Es war stärker als ich, und ich murmelte: »India, a travel survival kit.«

»Wie?« fragte er.

»Oh, nichts«, antwortete ich, »mir ist nur ein Buch eingefallen.« Und dann sagte ich mit Überzeugung: »Sie waren noch nie in Madras.« Herr Peter sah mich unschuldig an. »Um einen Ort zu kennen, ist es nicht immer notwendig, schon einmal dort gewesen zu sein«, stellte er fest. Er zog Jacke und Schuhe aus, schob sein Köfferchen unter das Kissen, zog den Vorhang vor und wünschte mir eine gute Nacht.

Ich hätte ihm gerne gesagt, daß auch er eine zarte Hoffnung hegte und daß er deshalb den Zug genommen hatte: weil er sie noch lange pflegen und genießen wollte, anstatt sie im kurzen Zeitraum eines Fluges aufzuzehren, dessen war ich mir sicher. Aber natürlich sagte ich nichts; ich löschte das große Licht und ließ die blaue Nachtlampe an, zog meinen Vorhang vor und wünschte ihm eine gute Nacht.

Wir wurden unsanft aus dem Schlaf gerissen, als plötzlich das Licht anging und eine Stimme etwas fragte. Vom Fenster aus sah man eine Holzbaracke in einem fahlen Licht, mit einem unverständlichen Schild. Der Kontrolleur war in Begleitung eines sehr finster und argwöhnisch dreinblickenden Polizisten. »Wir befinden uns an der Grenze zu Tamil Nadu«, sagte der Kontrolleur lächelnd, »es handelt sich um eine reine Formalität.« Der Polizist streckte die Hand aus und sagte: »Ausweise, bitte.« Er warf einen zerstreuten Blick in meinen Paß und schloß ihn sofort wieder. Dem Ausweis des Herrn Peter schenkte er größere Aufmerksamkeit. Während er ihn untersuchte, fiel mir auf, daß es ein israelischer Paß war. »Mister . . . Shi . . .mail?« buchstabierte der Polizist unbeholfen.

»Schlemihl«, korrigierte mein Reisegefährte. »Peter Schlemihl.« Der Polizist gab uns die Ausweise zurück, löschte das Licht und verabschiedete sich schroff. Der Zug nahm wieder seine Fahrt durch die indische Nacht auf, das Licht der blauen Lampe schuf eine unwirkliche Atmosphäre, und nach einem langen Schweigen begann ich zu sprechen. »Es ist unmöglich, daß Sie diesen Namen haben«, sagte ich, »es gibt nur einen einzigen Peter Schlemihl, er ist eine Erfindung von Chamisso, das wissen Sie ganz genau. So etwas können Sie einem indischen Polizisten erzählen.«

Mein Reisegefährte gab keine Antwort. Dann fragte er mich: »Gefällt Ihnen Thomas Mann?«

»Nicht alles«, antwortete ich.

»Was?«

»Die Erzählungen, ein paar Kurzgeschichten, Tonio Kröger, Der Tod in Venedig.«

»Ich weiß nicht, ob Sie das Vorwort zu Peter Schlemihl kennen«, sagte er, »ein bewunderungswürdiger Text.«

Wir schwiegen aufs neue. Ich meinte schon, mein Gefährte sei eingeschlafen, aber gewiß war das unmöglich. Er wartete nur darauf, daß ich etwas sagte, und ich sagte:

»Warum fahren Sie nach Madras?«

Mein Reisegefährte antwortete nicht sofort. Er hüstelte. »Um eine Statue zu besichtigen«, flüsterte er.

»Eine lange Reise, bloß um eine Statue zu besichtigen.«

Mein Gefährte gab keine Antwort. Er putzte sich mehrmals die Nase. »Ich möchte Ihnen eine kleine Geschichte erzählen«, sagte er dann. »Ich habe Lust, Ihnen eine kleine Geschichte zu erählen.« Er sprach mit verhaltener Stimme, die durch den Vorhang noch zusätzlich gedämpft wurde. »Vor vielen Jahren lernte ich in Deutschland einen Mann kennen. Er war Arzt und sollte mich untersuchen. Er saß hinter einem Schreibtisch, und ich stand nackt vor ihm. Hinter mir stand eine ganze Reihe nackter Männer, die er untersuchen sollte. Als man uns zu ihm brachte, sagte man uns, daß wir dem Fortschritt der deutschen Wissenschaft dienten. Außer dem Arzt waren da noch zwei bewaffnete Wärter und ein Krankenpfleger, der die Karteikarten ausfüllte. Er stellte uns genaue Fragen bezüglich unserer Manneskraft, der Krankenpfleger machte gewisse Untersuchungen an unserem Körper und dann schrieb er. Die Reihe rückte rasch voran, denn der Arzt hatte es eilig. Als ich bereits abgefertigt war, zögerte ich einen Augenblick, anstatt in das Zimmer weiterzugehen, in das man uns führte, denn mein Blick war auf eine kleine Statue gefallen, die auf dem Tisch des Arztes stand. Es war eine Reproduktion einer östlichen Gottheit, aber ich hatte sie noch nie gesehen. Sie stellte eine tanzende Gestalt dar, deren Arme und Beine wie die Speichen eines Rades einen Kreis beschrieben. Dieser Kreis war fast vollständig, er hatte nur wenige Leerstellen, die darauf warteten, von der Phantasie des Betrachters ausgefüllt zu werden. Der Arzt bemerkte meine Begeisterung und lächelte. Sein Mund war schmal und höhnisch. Diese Statue stellt den Kreislauf des Lebens dar, sagte er, in den der Abschaum eintreten muß, um eine höhere Form des Lebens zu erreichen, die die Schönheit ist. Die Philosophie, der diese Statue entsprungen ist, sieht einen biologischen Kreislauf vor, und ich wünsche Ihnen, daß Sie in einem anderen Leben eine höhere Stufe erreichen als in diesem.«

Mein Reisegefährte schwieg. Trotz der Zuggeräusche hörte ich seine regelmäßigen, tiefen Atemzüge.

»Erzählen Sie bitte weiter«, sagte ich.

»Da gibt es nicht mehr viel zu erzählen«, sagte er. »Die Statue stellte den tanzenden Schiwa dar, aber das wußte ich damals nicht. Wie Sie sehen, bin ich noch nicht in den biologischen Kreislauf der Wiederaufbereitung eingegangen, und meine Interpretation der Figur ist eine andere. Ich habe Tag für Tag an sie gedacht, in all diesen Jahren habe ich an nichts anderes gedacht.«

»Wie lange ist das her?«

»Vierzig Jahre.«

»Kann man denn in vierzig Jahren immer an dasselbe denken?«

»Ich glaube schon, wenn man die Gemeinheit am eigenen Leib erfahren hat.«

»Und wie interpretieren Sie die Figur?«

»Ich glaube, sie stellt alles andere als den Kreislauf des Lebens dar. Sie stellt einfach den Tanz des Lebens dar.«

»Und worin besteht der Unterschied?« fragte ich.

»Ach, das ist ein großer Unterschied«, flüsterte Herr Peter.

»Das Leben ist ein Kreis. Eines Tages schließt sich der Kreis, und wir wissen nicht, wann.« Er putzte sich wieder die Nase und sagte: »Und jetzt entschuldigen Sie mich, ich bin müde, ich möchte versuchen zu schlafen.«

Ich wachte in der Umgebung von Madras auf. Mein Reisegefährte war bereits rasiert und stand in seinem tadellosen blauen Anzug bereit. Er lächelte ausgeruht; er hatte bereits seinen Liegesitz zurückgeklappt und wies auf das Frühstückstablett, das auf dem Tischchen neben der Tür stand.

»Ich habe auf Sie gewartet, um mit Ihnen den Tee zu trinken«, sagte er. »Ich wollte Sie nicht stören, Sie schliefen so gut.« Ich ging in den Waschraum und machte hastig meine Morgentoilette, dann suchte ich meine Sachen zusammen, machte mein Gepäck fertig und setzte mich zum Frühstück. Wir durchquerten bewohntes Gebiet, eine Zone dichtbesiedelter Dörfer, die bereits die ersten Anzeichen der Stadt bargen.

»Wie Sie sehen, kommen wir auf die Minute genau an«, sagte mein Gefährte. »Es ist dreiviertel sieben.« Er faltete sorgfältig seine Serviette. »Es würde mich freuen, wenn auch Sie diese Statue besichtigten«, sagte er dann, »sie befindet sich im Museum von Madras. Ich würde gerne wissen, was Sie davon halten.« Er erhob sich und nahm seinen Koffer. Er hielt mir die Hand hin und verabschiedete sich auf das herzlichste. »Ich bin meinem Reiseführer dankbar, daß er mir dieses Transportmittel empfohlen hat«, sagte er, »in den indischen Zügen macht man wirklich die unglaublichsten Bekanntschaften; Ihre Gesellschaft war mir ein Vergnügen und ein Trost.«

»Ganz meinerseits«, antwortete ich, »ich bin es, der den Ratschlägen meines Reiseführers dankbar zu sein hat.«

Wir fuhren in den Bahnhof ein, auf einem Bahnsteig, der von Menschen wimmelte. Der Zug bremste und hielt sachte an. Ich ließ ihm den Vortritt, und er stieg als erster aus, mir noch einmal mit der Hand zuwinkend. Als er schon im Weggehen begriffen war, rief ich ihn, und er drehte sich um.

»Wenn es sich ergibt, wie soll ich Ihnen meine Meinung mitteilen?« rief ich, »ich kenne Ihre Adresse nicht.«

Er kehrte um, mit dem erstaunten Ausdruck auf dem Gesicht, den ich bereits an ihm kannte, und dachte einen Augenblick nach. »Hinterlassen Sie mir eine Nachricht im American Express«, sagte er, »ich werde sie mir holen.«

Dann verloren wir uns in der Menge.

Ich blieb nur drei Tage in Madras. Es waren intensive, beinahe fieberhafte Tage. Madras ist eine riesige Stadt, mit niedrigen Häusern und enormen, brachliegenden Feldern, in deren Straßen sich Fahrräder, klapprige Autobusse und Tiere drängen, und um sie von einem Ende zum anderen zu durchqueren, braucht man eine Ewigkeit. Nachdem ich meine Pflichten erfüllt hatte, blieb mir nur mehr ein freier Tag, und dem Museum zog ich einen Besuch des Felsreliefs von Mahabalipuram vor, die mehrere Kilometer von der Stadt entfernt sind. Mein Reiseführer erwies sich auch bei dieser Gelegenheit als wertvoller Gefährte.

Am Morgen des vierten Tages saß ich an einer Haltestelle, von der aus die Busse nach Kerala und Goa fahren. Es fehlte noch eine Stunde bis zur Abfahrt, es war drückend heiß, und um der Hitze auf den Straßen zu entkommen, mußte man unter das Dach des riesigen Hangars flüchten. Um die Wartezeit zu verkürzen, kaufte ich die englischsprachige Zeitung von Madras. Es war eine Zeitung mit kaum vier Blättern, ähnlich einem Pfarrblatt: mit allerlei Anzeigen, Berichten über populäre Filme, lokaler Berichterstattung. Auf dem Titelblatt stand in dicken Lettern die Nachricht von einem am Vortag begangenen Mord. Das Opfer war ein argentinischer Staatsbürger, der seit 1958 in Madras lebte. Er wurde als ein menschenscheuer, bescheidener Herr beschrieben, der, siebzigjährig und ohne Freunde, in einer kleinen Villa im Wohnviertel Adyar lebte. Seine Frau war vor drei Jahren eines natürlichen Todes gestorben. Sie hatten keine Kinder.

Er war von einem Pistolenschuß ins Herz getötet worden. Eine offenbar unerklärliche Tat, denn er war keinem Raubmord zum Opfer gefallen. Das Haus war in perfekter Ordnung, nichts zeugte von Gewaltanwendung. In dem Artikel wurde das Haus als einfach und nüchtern beschrieben, mit ein paar erlesenen Kunstwerken und einem kleinen Garten. Das Opfer war offensichtlich ein Liebhaber drawidischer Kunst gewesen; die Zeitung berichtete, daß er dem ortsansässigen Museum einige gute Dienste bei der Katalogisierung erwiesen hatte, und brachte das Foto eines Unbekannten: das Gesicht eines kahlköpfigen Alten mit hellen Augen und schmalem Mund. Eine schlichte und unpersönliche Beschreibung. Das einzige interessante Detail war die Fotografie einer kleinen Statue, die man neben das Gesicht des Opfers gestellt hatte. Gewiß eine plausible Verbindung, denn das Opfer war ein Liebhaber drawidischer Kunst gewesen, und der tanzende Schiwa ist das bekannteste Stück im Museum von Madras, eine Art Symbol. Aber diese plausible Assoziation rief in mir eine andere Assoziation hervor. Es fehlten noch zwanzig Minuten bis zur Abfahrt, ich suchte ein Telefon und wählte die Nummer des American Express. Es antwortete ein höfliches Fräulein. »Ich möchte eine Nachricht für Herrn Schlemihl hinterlassen«, sagte ich. Das Fräulein bat mich, einen Augenblick zu warten, und dann sagte sie: »Im Augenblick haben wir niemanden mit diesem Namen in unserer Kartei, aber wenn Sie möchten, können Sie trotzdem eine Nachricht hinterlassen, wir werden sie dem Herrn übermitteln, sobald er vorbeikommt.«

»Hallo, hallo«, sagte die Telephonistin mehrmals, als sie meine Stimme nicht mehr hörte.

Was konnte ich sagen? Ich dachte an die Lächerlichkeit meiner Nachricht. Vielleicht, daß ich verstanden hatte? Und was? Daß sich für jemanden der Kreis geschlossen hatte?

»Es ist unwichtig«, sagte ich, »ich habe es mir anders überlegt.« Und legte auf.

Ich möchte nicht ausschließen, daß ich meine Phantasie über Gebühr beansprucht habe. Aber angenommen, ich hätte erraten, welchen Schatten Herr Schlemihl verloren hatte, und angenommen, er läse diese Erzählung, aufgrund desselben seltsamen Zufalls, der uns im Zug zusammenführte, dann möchte ich, daß ihn mein Gruß erreicht. Und meine Trauer.

Ablöse

Denn im Grunde ist die Gewohnheit ein Ritual, man glaubt, man macht etwas zum Spaß, und dabei erfüllt man nur eine Pflicht. Oder vielleicht ist sie eine Beschwörung, dachte er, vielleicht ist die Gewohnheit eine Art Exorzismus, und dann glaubt man, es sei ein Vergnügen. Er fragte sich, ob es ihm wirklich ein Vergnügen war, an diesem Samstag ein Fährboot am Battery Park zu nehmen, inmitten der drängelnden Touristen mit stumpfem Blick, die kleine Überfahrt zu machen, die ihm immer schon eine gewisse Übelkeit im Magen verursacht hatte, um dann auf dem riesigen Granitsockel herumzuklettern und die Wolkenkratzer und die Möwen zu betrachten. Kein Vergnügen, er gab es zu. Oder besser gesagt: inzwischen kein Vergnügen. Es war ganz offensichtlich ein Ritual, eine Hommage an einen um viele Jahre zurückliegenden Ausflug, an das erste Mal, mit Dolores. Und dann von unten die Freiheitsstatue betrachten, ihren wuchtigen Körper, die wie ein Versprechen hingehaltene Fackel. Wem? Und für wann? Aber damals hatte die Fahrt einen anderen Sinn gehabt: Es war eine Pilgerfahrt gewesen, und gleichzeitig ein Glücksbringer, sozusagen eine Weihe für die erste Operation. Vielleicht war es für Dolores, dachte er, vielleicht machte er es für sie, in ihrem Andenken, vielleicht war es ein Akt der Wiederholung und der Fortsetzung, wie wenn jemand eine Gewohnheit beibehält, um eine Erinnerung nicht zu löschen. Und deshalb machte es ihm auch Spaß, den Autobus nach Brooklyn Heights zu nehmen, durch die Straßen mit den abbruchreifen Häusern aus dem 19. Jahrhundert zu laufen, und er hatte wieder das Gefühl, ihre Stimme zu hören, ihre komische Art,

»brownstones« auszusprechen, mit diesem sonderbaren »s«, das allen Südamerikanern eigen ist, wie bei »Causa«, das sie mit doppeltem »s« auszusprechen schien. Wie Rossario. »Da Rosario«, ein Eis im Little Italy, auch das gehörte zum Ritual, eine Hommage an vergangene Zeiten, Dolores liebte die Italiener, er weniger, trotz der sizilianischen Mutter; der alte Italiener war vor zwei Jahren gestorben, den Laden führte inzwischen der Sohn, ein richtiger Amerikaner, man kannte sich nicht mehr, anonyme Gesichter, ein Pistazieneis mit einem Selterswasser bitte, mit Dolores hatte er immer an dem Ecktisch in der Ledernische gesessen, eine gerahmte Ansicht des Ätna und eine Maultrommel, Maultrommel trommel mir die Gedanken weg, ich bin müde. Er dachte: müde, die Causa, Opernabend. Was für eine geniale Idee. Manchmal hatten die dort solche Ideen. Es hätte ihm Vergnügen bereitet, sie einmal zu sehen. Wo waren sie? In New York, in London, in Genf, wo? Sie verwalteten das Geld, sie erteilten Aufträge; alles sauber, effizient, leise, aus der Ferne. Ein Postfach, ein Deckname, einmal im Monat nachsehen, manchmal monatelang nichts zu tun, absolut nichts, Schweigen, und irgendwann eine Karte wie diese, von heute auf morgen: The Met, Sonntag, 2. November, vierte Reihe, Rigoletto, siebte Szene, »Sparafucile, so nenn ich mich« übergeben, Übernahme wie gewöhnlich, es lebe die Causa. Sonst nichts: die Eintrittskarte, der erste Sitz in der vierten Reihe, so daß man bei leicht gesenktem Kopf die ganze Reihe überblicken konnte. Idioten. Und was den Rest anbelangt, sieh zu, wie du zurechtkommst. Der Rest, der immerhin nicht zu verachten war. Er ging zur Toilette und rief Bolívar an, in der Werkstätte war ein Höllenlärm, aber das Gespräch war ja einfach: Hast du es? Ja. Ich komme. Ich erwarte dich. Aber er legte nicht sofort auf, obwohl er wußte, damit gegen die Regeln zu verstoßen, aber das war die Wut in ihm: Diese Idioten schicken mich ins Theater, sie wollen James Bond spielen. Er knallte den Hörer auf die Gabel, als ob das Telefon daran schuld wäre, Maultrommel, trommel mir die Gedanken weg, und jetzt der Rest. Ein Wort, der Rest. Zuerst das Hotel, sehen wir einmal, es heißt . . . wie heißt es? Er war unzählige Male daran vorbeigegangen, und jetzt fiel ihm der Name nicht ein, es hatte keinen Sinn. Das Alter, ja das war es. Ach was, Alter, du alter Narr. Diese Idioten mit ihren Spielchen sind kindisch und vertrottelt. Es hatte keinen Sinn: lieber die Auskunft anrufen. Hallo Fräulein, ich hätte gern die Namen von drei oder vier Hotels am Central Park, den besten, und die Telefonnummern. Einen Augenblick. Was heißt hier Augenblick, eine Ewigkeit, Rosario junior macht von der Theke her Zeichen, daß das Pistazieneis zerfließt, ja, sprechen Sie, ich schreibe mit: Plaza, Pierre Hotel, Mayfair Regent, Park Lane, Waldorf Astoria, es reicht, danke. Und jetzt eines nach dem anderen durchprobieren, das Eis ist ohnehin schon geschmolzen, Rosario junior kann es wegschmeißen. Kein Platz im Plaza, natürlich nicht, die Stadt wimmelt von Reichen. Dasselbe im Pierre. Wäre es doch das Mayfair, es besitzt ein hervorragendes Restaurant, den Cirque, er war einmal dort gewesen, wenigstens ein gutes Essen nach der Vorstellung, versuchen Sie mich unterzubringen, ich bitte Sie, es ist nur für eine Nacht. Tut mir leid, mein Herr, wir sind besetzt, es hat keinen Sinn, darauf zu bestehen. Geh zum Teufel. Park Lane, endlich, auf sechsundvierzig Etagen muß doch ein Zimmer frei sein, in Ordnung, Herr Franklin, guten Abend, danke. Was für eine Müdigkeit. Aber jetzt war alles in Ordnung, das Paket würde er morgen abholen, lieber nicht mit dem vielen Geld auf dem Zimmer schlafen, und auch den Smoking konnte er sich morgen ausleihen, er hatte Zeit, auch wenn Bolívar ihn erwartete, sollte er doch warten, und so ging er auf die Straße hinaus und nahm ein Taxi zum Battery Park, denn er hatte auf einmal Lust, die Freiheitsstatue zu streicheln, sein altes Ritual, und dann das Meer und die auf den Bänken sitzenden Möwen zu betrachten und an Dolores zu denken. Er warf einen Korken ins Wasser: schmutziges Wasser, schmutziger Asphalt, auch die Freiheit war schmutzig, diese Stadt ist schmutzig. Zwei Damen in durchsichtigen Regenmänteln hielten ihm ihren Fotoapparat hin und sagten, bitte, und stellten sich mit einem aufgesetzten Fotolächeln in Positur. Er suchte sie im Objektiv und versuchte auch ein Stück von den Wolkenkratzern mit draufzubekommen, wie sie es wollten, und dachte, wie seltsam dieses kleine Auge doch war, das sich öffnete und schloß, klick, und ein toter Augenblick war eingefangen, ewig und unwiderbringlich. Klick, danke, nichts zu danken, guten Abend, klick, ein Augenblick, zehn Jahre vergehen in einem Augenblick, Dolores fort, unwiderruflich, und dabei war sie einen Augenblick zuvor noch dagewesen und hatte zu den Wolkenkratzern emporgelächelt, klick: zehn Jahre. Plötzlich spürte er sie auf sich lasten, diese zehn Jahre, und auch seine fünfzig, schwer wie die Tonnen dieses Kolosses aus Metall und Stein, er ging jetzt besser zu Bolívar, um nicht mehr daran zu denken, auf dem Weg konnte er sich auch den Smoking ausleihen, es war reiner Wahnsinn, bis morgen das viele Geld mit sich herumzutragen, schon wieder eine Verletzung der Regeln, aber auch sie waren wahnsinnig, ihm einen derartigen Auftrag zu geben: Was wollten sie, seine Tüchtigkeit auf die Probe stellen, sein eventuelles Alter abwägen? Eine Premiere in der Met, Smoking und ein paar tausend Dollar in bar, was für ein Scherz.

Es war nur ein Scherz, Bolívar, ich wollte nur einen Scherz machen. Er zog eine plumpe Ausrede vor, er war mehr als unvorsichtig gewesen. Bolívars großer Lockenkopf, das Büro mit den Glasfenstern in der lauten Werkstatt, ein in braunes Packpapier eingewickeltes Paket, sicher, mein Alter, hin und wieder tut ein Scherz not, à propos, wie laufen die Geschäfte, ich kann nicht klagen, die Autounfälle häufen sich, ha ha. Bolívar. Dieses Zigeunergesicht mit den Augen eines zahmen Hundes, der Firestone-Overall, zehn Jahre: eine Freundschaft ohne Freundschaft, keine Frage, keine Antwort: Wer bist du, was machst du, wohin gehst du, wie lebst du, nichts. Ein Händedruck, wie laufen die Geschäfte, möchtest du eine Zigarette? Das ist für dich. Aber woher hast du es, Bolívar, woher holst du es, wer bringt es dir, das würde ich gerne wissen. Und Bolívar, der ihn mit aufgerissenen Augen anblickt, aber was stellst du für Fragen, was fällt dir ein? Nichts, nur so, ich bin plötzlich neugierig geworden, ich werde langsam alt. Du bist ein Jüngling, Franklin. Ich werde alt, ich weiß es, und sie wissen es auch, bald werden sie mich nicht mehr brauchen, sie werden mich wegwerfen, du weißt, wie die Dinge laufen, Bolívar, vielleicht wirst du es sein, der mich wegwirft, eines Tages geben sie dir den Auftrag. Aber was redest du da, Franklin. Nichts, war nur ein Scherz, Bolívar, heute habe ich Lust zu scherzen, ich habe zwei Touristinnen fotografiert, und im Bruchteil einer Sekunde sind zehn Jahre vergangen, so etwas passiert. Ich begleite dich zur Tür, Franklin, à propos, schicken sie dich wirklich ins Theater, in welches? Aber was für Fragen stellst du, Bolívar, was fällt dir ein, so etwas fragt man nicht, wir sehen uns. War nur ein Scherz, Franklin, hasta la vista.

Um den Taxifahrer dazu zu bewegen, ihn die paar Meter vom Hotel in die Metropolitan zu fahren, hielt er ihm einen Fünfzig-Dollar-Schein unter die Nase. Keine Diskussion mit niemand, und kein Risiko eingehen, nicht einmal das, hundert Meter zu Fuß zu gehen, mit dem vielen Geld in der Tasche, und noch dazu in diesem Aufzug, das war ja geradezu eine Aufforderung: Los, Räuber, komm. Der Fahrer nahm das Geld und setzte nicht einmal das Taxameter in Betrieb. Ein Fahrer mit Fliege, einer von denen, die vor dem Park Lane stehen, wohlerzogen, seltene Gattung. Er stieg im Menschengewühl aus. Taghell erleuchtet, elegante Herrschaften vor dem beleuchteten Springbrunnen, Damen im Abendkleid, die High Society. Die Eingangshalle war bereits voll, er ließ Schal und Mantel in der Garderobe, blickte sich um. Hier war die Kontaktperson nicht, gewisse Dinge hatte er im Gefühl. Er ging ins Foyer im Erdgeschoß, eine Orangeade und eine Olive, danke, die Kontaktperson war hier, unter diesen Menschen. Manchmal erkannte er sie auf den ersten Blick, aber das war an überschaubaren Plätzen gewesen: die Bibliothek der Spanischen Gesellschaft, die Spielzeugabteilung der Saks-Kaufhäuser, das Verkehrsbüro am Columbus Circle. Er blickte sich um. Zu viele Menschen. Zu viel Licht. Zu viel roter Samt. Er betrat den Saal und ging zu seinem Platz, er wollte seine Sitznachbarn kommen sehen, das würde es einfacher machen. Es war schon ziemlich voll. Er begann die Gesichter zu mustern. Ein Japaner um die dreißig, runde Brille mit Goldrand, undurchdringlicher Gesichtsausdruck, Beruf nicht zu erraten. Ein fünfzigjähriger Intellektueller in Begleitung eines blonden Jünglings, schneeweiße Hände und zarte Züge. Ein älteres Paar, er vom Typ Bostoner Rechsanwalt. Ein blondes Mädchen neben einem älteren Herrn, schwierig zu sagen, ob sie zusammengehörten, wenn ja, lautete die Hypothese: er ein Industriekapitän, sie seine Freundin, gewiß waren sie nicht verheiratet, er jedenfalls trug einen Ring. Dann kamen zwei junge Paare, vom Typ reiche junge Leute aus der Provinz, und ein Alter in einem zu großen Smoking, zwei Hypothesen: intensive Abmagerungskur oder ausgeliehener Smoking. Und schließlich ein junger, dunkelhäutiger Mann, schmales, schwarzes Schnurrbärtchen, glatte Haare, vom Typ Südamerikaner, der sich neben ihn setzte. Der Gong.

Und nun: le roi s'amuse. Aber welcher König und worüber? König der Phantasmen, der Unbekannten, er amüsierte sich nicht. Der Herzog schon, er wußte, was zu tun war, endlich zum Schlusse bring ich das Abenteuer mit jener spröden, unbekannten Schönen, er sang es mit der Sicherheit des Stars, der weiß, daß der Abend ihm gehört: Aus ganz New York seid ihr gekommen, um mich zu hören, ich bin der beste Tenor auf der Welt, da habt ihr meine Visitenkarte. Sofort Beifall. Anspruchsloses Publikum, mondänes Premierenpublikum. Das Bühnenbild war vulgär, ein Mantoveser Palast, der einem Filmstudio zur Ehre gereicht hätte, Pink und Himmelblau, schrecklich, lieber nicht hinsehen. Er senkte ein wenig den Kopf und ließ den Blick über die leicht geschwungene Reihe schweifen. Die Blonde hatte sich eine Abendbrille mit straßbesetzten Bügeln aufgesetzt, sie machte einen sehr konzentrierten Eindruck. Ihr eventueller Begleiter sah etwas zerstreuter drein, sein Blick folgte der Contessa di Ceprano, die in Begleitung einer Dame die Bühne überquerte, manchmal haben die Mezzo-Soprane eine Generosität, ohne zu übertreiben; eine einem sechzigjährigen Industriekapitän gemäße Schönheit, mag ein Argus ihr Kleinod bewachen, ja, der Sieg bleibt am

Ende doch mein. Der Japaner hatte einen Tick im linken Auge: Er zwinkerte zweimal hintereinander und dann hob er unmerklich die Augenbraue, Erklärungen bot er keine. Die beiden Paare aus der Provinz sprühten vor Glück. Eine der frischverheirateten Frauen, die weniger häßliche, hatte einen kleinen roten Fleck im Mundwinkel: wahrscheinlich die Hast und das im Taxi aufgefrischte Make-up: Wenn er sie darauf hingewiesen hätte, wäre er vor Scham gestorben. Der Intellektuelle langweilte sich, er war wohl der einzige mit ausreichend gutem Geschmack, um an dem Schauspiel keinen Gefallen zu finden; auch der kleine Blonde schien sich zu langweilen, wohl aus dem umgekehrten Grund. Der alte Herr hingegen war offensichtlich hingerissen, mit den Lippen begleitete er Monterone, höhnest den Schmerz des weinenden Vaters, sei denn verfluchet. Hypothese: Er war kein Kenner, die Kenner lassen sich von so einer Aufführung nicht beeindrucken. Zweite Hypothese: Er war ein Kenner von der sentimentalen Sorte, einer, der sich von Caruso und neapoletanischer Musik hinreißen läßt, aber der würde keine Premiere an der Metropolitan besuchen. Der eventuelle Südamerikaner: jung, elegant, Aussehen eines Herzensbrechers, in der Oper fehl am Platz. Und das aufmerksame Auge, weil er spürte, daß ein Blick auf ihm ruhte. Er drehte sich um und sah ihn seinerseits an. Zuerst kurz und dann mit einem längeren Blick. Der Chor stimmte das Finale der sechsten Szene an, aber der Herzog überragte sie alle, o hoffe nichts mehr, der Arm des Gesetzes, er treffe dich schwer. Vorhang, tosender Applaus. Der junge Mann sah ihn augenzwinkernd an, dann näherte er den Mund seinem Ohr und flüsterte ihm mit deutlichem italienischen Akzent zu: Er singt ein miserables Italienisch, er ist ein Lackaffe, alle Tenöre sind kleine Lackaffen. Und lächelte. Auch er lächelte und nickte zustimmend. Franklin, du hast Mist gebaut, sagte er zu sich. Am liebsten wäre er gegangen.

Aber das Bühnenbild mit der Gasse war passabel, realistischer und nicht so geschmacklos. Und der Baß ein hervorragender Rigoletto, auch ein guter Schauspieler, er fragte, wie er bezahlen solle, halb wird der Preis vorausbezahlt, der Rest folgt später nach, sang Sparafucile. Jetzt drehte er den Kopf zur Gänze herum und betrachtete herausfordernd die Reihe. Ah, was für eine langsame Regie, zäh, mit überlangen Pausen, er sagte sich die Sätze, die Verse auswendig vor, und dann hielt er den Atem an und wartete. Da, jetzt: Mit einer überschwenglichen Bewegung führte Sparafucile die Hand ans Herz, während er den anderen Arm ausstreckte: Sparafucile, so nenn ich mich, das blonde Mädchen drehte den Kopf zu drei Viertel herum, ihre Blicke trafen sich; sie deutete ein zustimmendes Nicken in seine Richtung an, ihr Mund war spöttisch, fast lächelte sie; dann richtete sie den Blick wieder auf die Bühne und drehte sich nicht mehr um. Schon wieder Mist gebaut, Franklin. Und dann dachte er ebenfalls: Es ist unmöglich. Er ließ die Hand unter die Jacke gleiten, das Geld war gleichmäßig unter dem breiten, elastischen Band um seine Mitte verteilt, er berührte es, um sicherzugehen, daß alles an seinem Platz war, schloß die Augen, und sein Bewußtsein verließ den Saal und die Musik, und binnen eines Augenblicks war er weit weg, sowohl räumlich als auch zeitlich.

Er erwartete sie etwas abseits der Menge im Foyer, am Ende des Korridors; sie kam mit dem angedeuteten Lächeln auf den Lippen, sie ging ihm sicher und entschlossen entgegen, sie war die Kontaktperson, kein Zweifel. Guten Abend, möchten Sie etwas trinken? Nein danke, ich möchte die Operation möglichst schnell hinter mich bringen, ich nehme an, Sie haben eine Bonbonniere in der Garderobe gelassen, geben Sie mir den Schein? Wenn Sie das Geld bei sich haben, gehen wir zum Telefon, dann habe ich wenigstens eine Verwendung für die Abendtasche, ich bin in der ganzen Stadt herumgelaufen, um so eine große zu finden. Feste, gleichgültige Stimme. Hohe Backenknochen, braune Augen, attraktiv. Dreißig Jahre, vierzig? Schwierig, ihr genaues Alter zu bestimmen. Er zündete sich eine Zigarette an und betrachtete sie in Ruhe. Gelassen, professionell. Jetzt nicht, sagte er, tut mir leid, jetzt ist nicht der Augenblick, nach der Vorstellung, wenn sich der Industriekapitän nicht querlegt. Welcher Industriekapitän? Der neben dir sitzt. Rede keinen Blödsinn, ich bin allein gekommen, ich sehe ihn zum ersten Mal, aber ich verstehe nicht, warum du mich bis zum Ende warten läßt. Später wirst du es verstehen.

Aber warum eigentlich? Verstand er es denn? Er verstand es nicht, und er wollte auch nicht darüber nachdenken. So eben. Weil ich müde bin. Weil ich ein Foto geschossen habe. Weil es Dolores nicht mehr gibt, weil zuviel Zeit vergangen ist, weil weil weil. Weil eben. Weil ich zu Abend essen will, komm mit mir. Sie verließen den Saal, während das Publikum stehend den Tenor vor den Vorhang bat. Sie folgte ihm schweigend. In der Garderobe nahm er Schal und Mantel entgegen, zeigte die Hände, indem er die Handflächen nach außen drehte, siehst du, kein As im Ärmel, keine Bonbonniere abgegeben, ich habe das Geld im Hotel gelassen, hol es dir, wenn du willst, aber zuerst gehe ich essen, ich habe einen Riesenhunger, ich habe seit gestern nichts gegessen, ein zerronnenes Pistazieneis. In welchem Hotel wohnst du? Nein, wenn du das Geld willst, mußt du mit mir essen gehen, und wenn du keinen Hunger hast, dann sieh mir beim Essen zu. Sie lachte und hakte sich bei ihm unter, entscheiden wir das im Taxi. Ich würde das Lutèce vorschlagen, französische Küche, die beste in New York, der Abend ist ein französisches Essen wert. Einverstanden. Schweigen während der Überfahrt, nur das: Du hältst dich nicht an die Abmachungen, du hättest es mir im Theater geben sollen. Das ist richtig, ich gebe es zu, aber denken wir jetzt an die französische Küche, inzwischen ist nichts mehr zu machen.

Sie nahmen einen unauffälligen Tisch. Kellner, nehmen Sie die vielen Kerzen weg, eine genügt, wir hätten gern gedämpftes Licht. Machen wir etwas Verrücktes? Einverstanden. Also zum Auftakt Austern, den Champagner nicht sehr kalt, wie heißt du? Das tut nichts zur Sache. Ich heiße Franklin, wie heißt du? Nenn mich wie du willst. Sehr gut, Wieduwillst ist ein schöner Name, auch wenn er eher nach Nachname klingt, aber wenn es dein Wunsch ist, Wieduwillst. Manchmal beginnt man so, mit einem Scherz, und dann läuft die Konversation wie von allein, sie folgt ihrem Lauf, wenn der Kanal funktioniert. Er funktionierte, der Wein tut das Seine. Es sprach fast nur er: der East River, vor so langer Zeit, die Reisen nach Mexiko, und dann der Enthusiasmus, die verstorbenen Freunde, alles Vergangenheit. Ich bin müde, sagte er, ich bin allein, jetzt reicht es. Ananas mit Likör als Dessert, zwei Kaffee. Kellner, bringen Sie mir bitte auch eine große Bonbonniere. Er entschuldigte sich und ging zur Toilette, leerte die Pralinen in den Abfalleimer, füllte die Schachtel mit Dollarnoten, beglich im Vorübergehen die Rechnung, kaufte bei dem Zigarettenmädchen eine Rose und steckte sie in die Schachtel. Da, sagte er wieder am Tisch, es ist Markenschokolade, ich hatte es bei mir, entschuldige die Komödie. Sie spähte hinein. Warum hast du das gemacht? Ich brauchte Gesellschaft, ich esse schon zu lange allein, ich hoffe, das Abendessen war zu deiner Zufriedenheit, und jetzt entschuldige mich, ich gehe schlafen, danke für die Gesellschaft, Wieduwillst, gute Nacht, ich hoffe, wir sehen uns nicht wieder.

Auf dem Weg durch den Saal gab er dem Kellner ein gutes Trinkgeld, merci monsieur, au revoir, er hielt sich gut auf den Beinen, nur etwas betrunken, ohne schwindlig zu sein, ein angenehmes Gefühl. Sie kam, als er bereits im Taxi saß, sie stieg entschlossen ein; ich komme mit dir; er sah sie an, und sie lächelte, auch ich bin allein, leisten wir uns ein wenig Gesellschaft, nur heute abend. Du trägst die Verantwortung, Wieduwillst, fahren Sie uns bitte zum Park Lane.

Lassen wir den Vorhang offen, damit wir die Stadt und die Nacht sehen, wie schön New York doch vom vierzigsten Stock ist, so viele Lichter, so viele Menschen, so viele Geschichten hinter den vielen Fenstern, umarme mich, es ist schön hier, sieh dir diesen Block an, er ist wie ein Atlantikkreuzer, es würde mich nicht überraschen, wenn er sich plötzlich in Bewegung setzte und in die Nacht ausliefe. Mich auch nicht. Wie heißt du, Wieduwillst ist wirklich ein Nachname, sag mir deinen Vornamen, erfinde irgendeinen. Sparafucile, so nenn ich mich. Schon besser, Sparafucile Wieduwillst, es war wunderschön, ich glaube, ich habe dich mit wirklicher Liebe geliebt, das passiert mir schon seit Jahren nicht mehr, entschuldige, ich gehe einen Augenblick ins Bad.

Das Licht in den Badezimmern, immer unpassend, zu

hart, selbst wenn das Bad eine Theatergarderobe wäre. Er betrachtete sich im Spiegel. Bei dem Licht, das aus den Scheinwerfern floß, war seine Glatze erbärmlich, aber es war ihm völlig egal. Er putzte sich die Zähne und massierte sich die Schläfen. Er hätte auch pfeifen können. Auf dem Marmortisch lag ihre kleine Puderdose. Er wußte nicht, warum er sie öffnete, manchmal macht man so etwas, aus Intuition. Es ist seltsam, in einer Puderdose zu sein. Sein Foto war zwischen dem Puder und dem Spiegel. Mit dem Teleobjektiv aufgenommen, vom Kopf bis zum Fuß, auf der Straße, wer weiß wo. Er hielt es ein paar Sekunden lang zwischen Zeigefinger und Daumen, bevor er imstande war, sich ein klares Bild zu machen. Sie konnte nicht wissen, wer er war, sie konnte ihn nicht kennen. Sie durfte nicht. Er betrachtete aufmerksam sein Abbild auf dieser grobkörnigen Momentaufnahme, so wie mit Teleobjektiv aufgenommene Fotos manchmal sind, ein anonymer Mann in der Menge, das Gesicht schon etwas gezeichnet, mager: Franklin. Er stellte sich sofort das Fadenkreuz des Zielfernrohres vor, das auf seinen Kopf oder auf sein Herz gerichtet war. Klick. Als er die Klinke niederdrückte, fiel ihm die große Abendtasche ein, die sie bei sich hatte; jetzt wußte er, daß nicht nur Geld darin war; wenn er gewollt hätte, hätte er es auch früher schon gewußt, aber vielleicht hatte er nicht daran denken wollen. Er dachte, daß es ihm leid tat, nicht wegen der Sache an sich, sondern wegen dem Rest, weil es schön gewesen war. Er dachte auch, daß er ihr gerne gesagt hätte, daß es ihm leid tat, daß gerade sie Sparafucile war, wie schade, es war wirklich komisch, wo doch alles ganz anders zu sein schien. Aber er wußte, er würde keine Zeit dazu haben.

Kino

1

Der kleine Bahnhof war fast menschenleer. Es war ein kleiner Bahnhof in einem Ort an der Riviera, mit Palmen und Agaven zwischen den Holzbänken. An dem einen Ende des Bahnhofs, hinter dem schmiedeeisernen Tor, war eine Straße, auf der man in den Ort gelangte, am anderen Ende führte eine Steintreppe zum Strand hinunter.

Der Bahnhofsvorsteher trat aus dem Glashäuschen mit dem Stellwerk und ging unter dem Bahnhofsdach bis zu den Gleisen. Er war ein kleiner, stämmiger Mann mit einem Schnurrbart. Nachdem er sich eine Zigarette angezündet hatte, betrachtete er zweifelnd den bewölkten Himmel. Er streckte prüfend eine Hand ins Freie, ob es schon regnete, und dann machte er kehrt und schob gedankenverloren die Hände in die Tasche. Die beiden Arbeiter, die auf der Bank unter dem Bahnhofsschild saßen und auf den Zug warteten, grüßten ihn kurz, und er antwortete mit einem Nicken des Kopfes. Auf der Bank daneben saß eine alte, schwarzgekleidete Frau mit einem Koffer, der mit einem Strick zusammengebunden war. Der Bahnhofsvorsteher schaute in beide Richtungen der Gleise, die Bahnhofsglocke begann zu läuten, und er ging in sein Häuschen zurück. In diesem Augenblick trat das Mädchen durch das Tor. Sie trug ein gepunktetes Kleid, Schuhe, die mit Riemchen an den Fesseln befestigt waren, und eine blaue Strickjacke. Sie ging schnell, als sei ihr kalt, und eine Fülle blonder Haare quoll unter ihrem Kopftuch hervor. In der Hand trug sie ein Köfferchen und eine kleine Strohtasche. Einer der Arbeiter folgte ihr mit den

Blicken und gab seinem Kollegen, der keine Notiz von ihr genommen hatte, einen Schubs. Das Mädchen blickte gleichgültig zu Boden, betrat den Wartesaal und zog die Tür hinter sich zu. Der Saal war leer. In einer Ecke stand ein großer gußeiserner Ofen, und das Mädchen ging auf ihn zu, vielleicht, weil sie sich daran wärmen wollte. Sie berührte ihn und legte enttäuscht ihren Strohsack darauf. Dann setzte sie sich auf eine der Bänke; leicht fröstelnd nahm sie das Gesicht zwischen die Hände. Sie blieb lange so sitzen, als weinte sie. Sie war ein schönes Mädchen mit zarten Zügen und schlanken Fesseln. Dann nahm sie das Tuch ab und schüttelte die Haare zurecht. Ihr Blick irrte über die Wände des Zimmers, als suchte sie etwas. Bedrohliche Schilder hingen da, mit den Anweisungen der Besatzungsmächte für die Bürgerschaft, und Anschläge mit Fotografien. Das Mädchen schaute sich verloren um, dann nahm sie die Tasche vom Ofen und stellte sie zu ihren Füßen ab, als wollte sie sie mit den Beinen beschützen. Sie seufzte und stellte den Kragen ihrer Jacke auf. Ihre Hände waren unruhig, und man sah, daß sie sehr nervös war.

Die Tür ging auf, und ein Mann kam herein. Er war groß und schlank, trug einen hellen Trenchcoat, der von einem Gürtel zusammengehalten wurde, und einen tief ins Gesicht gezogenen Filzhut. Das Mädchen sprang auf und gab einen kleinen, glucksenden Schrei von sich.

»Eddie!«

Der Mann legte einen Finger auf den Mund und ging auf sie zu. Lächelnd nahm er sie in die Arme. Das Mädchen legte ihren Kopf an seine Brust und schlang die Arme um ihn. »Oh Eddie«, flüsterte sie, als sie sich wieder von ihm löste. »Eddie.«

Der Mann zwang sie, sich zu setzen, und dann ging er zur Tür und sah verstohlen hinaus. Er setzte sich neben sie und zog ein paar gefaltete Blätter aus der Tasche. »Die gibst du direkt dem englischen Major«, sagte er, »ich sage dir gleich, wie.«

Das Mädchen nahm sie und steckte sie sich unter das Kleid. Sie schien Angst zu haben, und ihre Augen waren tränenverschleiert. »Und du?« fragte sie.

Er machte eine wegwerfende Geste. In diesem Augenblick hörte man das Geräusch eines Zuges, und ein Gütertransport fuhr an der Glastür vorbei. Der Mann zog sich den Hut noch tiefer in die Stirn und versenkte das Gesicht in einer Zeitung. »Sieh nach, was los ist.«

Das Mädchen ging zur Tür und spähte hinaus. »Es ist ein Güterzug, die beiden Arbeiter, die auf der Bank saßen, sind eingestiegen.«

»Sind Deutsche da?«

»Nein.«

Man hörte den Pfiff des Bahnhofsvorstehers, und der Zug fuhr ab. Das Mädchen ging zu dem Mann zurück und nahm seine Hände in die ihren. »Und du?« wiederholte sie.

Der Mann faltete die Zeitung und steckte sie in die Tasche.

»Jetzt ist nicht der Augenblick, an mich zu denken«, sagte er, »sag mir lieber den Spielplan der Truppe.«

»Morgen sind wir in Nizza: drei Tage Vorstellung. Samstag und Sonntag in Marseille, und dann Montpellier und Narbonne, je einen Tag: die ganze Küste.« »Er wird in Marseille sein, am Sonntag«, sagte der Mann. »Nach der Vorstellung wirst du die Verehrer in der Garderobe empfangen. Laß sie einzeln eintreten. Viele werden dir Blumen bringen, zweifellos werden auch deutsche Spione darunter sein, aber auch welche von uns. Auf jeden Fall mußt du die Kärtchen immer in Anwesenheit des Besuchers lesen, denn ich habe keine Ahnung, wie der, dem du die Informationen gibst, aussehen wird.« Das Mädchen hörte ihm aufmerksam zu. Der Mann machte eine kleine Pause und zündete sich eine Zigarette an. »Auf einem der Kärtchen wird stehen: *fleurs pour une fleur*. Dem Mann, der dir diese Blumen bringt, gibst du die Dokumente, er ist der Major.«

Die Glocke unter dem Bahnhofsdach begann wieder zu schrillen, und das Mädchen sah auf die Uhr. »Der Zug wird gleich kommen, und . . . Eddie, ich bitte dich . . .«

Der Mann ließ sie nicht ausreden. »Erzähl mir lieber von der Vorstellung, am Sonntag werde ich versuchen, sie mir vorzustellen.«

»Alle Mädchen von der Truppe spielen mit«, antwortete sie ohne Begeisterung, »jede imitiert eine Schauspielerin der Gegenwart oder der Vergangenheit, das ist die ganze Vorstellung.«

»Und der Titel?« fragte er lächelnd.

»Cinéma, Cinéma.«

»Das ist ein schöner Titel.«

»Es ist eine Katastrophe«, sagte sie überzeugt, »die Choreographie hat Severio gemacht, stell dir vor, und ich tanze in einem Kleid, über das ich stolpere, ich spiele Francesca Bertini.«

»Aufgepaßt«, sagte er scherzhaft, »die großen Tragödinnen fallen nicht.«

Das Mädchen nahm aufs neue das Gesicht zwischen die Hände und begann zu weinen. Die Tränen, die ihr über die Wangen liefen, machten sie schöner als je zuvor. »Komm mit, Eddie, ich bitte dich, komm mit«, flüsterte sie.

Der Mann trocknete ihr zärtlich die Tränen, aber seine Stimme war hart, als müßte er eine große Sehnsucht überwinden. »Hör auf, Elsa«, sagte er, »versuch, die Situation zu verstehen.« Dann nahm seine Stimme einen leicht belustigten Tonfall an. »Wie sollte ich wohl über die Grenze, als Tänzerin verkleidet, mit einer blonden Perücke?«

Die Glocke unter dem Bahnhofsdach hatte zu läuten aufgehört. In der Ferne hörte man bereits das Geräusch des Zuges. Der Mann stand auf und steckte die Hände in die Tasche. »Ich begleite dich zum Bahnsteig.« Das Mädchen schüttelte entschieden den Kopf. »Nein, es ist gefährlich.«

»Ich begleite dich trotzdem.«

»Ich bitte dich!«

»Noch etwas«, sagte er und begann zu gehen, »ich weiß, daß der Major ein galanter Mann ist, also mach ihm keine schönen Augen.«

Das Mädchen warf ihm einen flehenden Blick zu. »Oh Eddie«, rief sie mit gequälter Stimme und bot ihm den Mund.

Er zauderte einen Augenblick, als wäre er verlegen, als hätte er nicht den Mut, sie zu küssen. Dann gab er ihr einen beinahe väterlichen Kuß auf die Wange.

»Stop!« schrie der Regieassistent. »Aus!«

»Nicht so«, dröhnte die Stimme des Regisseurs aus dem Megaphon, »wir müssen das letzte Stück noch einmal drehen.«

Er war ein junger, bärtiger Mann mit einem langen Schal um den Hals. Er stieg vom Kran herunter, an dem auch die Kamera befestigt war, und ging den beiden entgegen. »Nicht so«, schnaubte er empört, »Sie müssen sich leidenschaftlich küssen, wie es früher üblich war, wie im ersten Film.« Er umfaßte die Schauspielerin demonstrativ mit dem linken Arm und zwang sie, sich nach hinten zu lehnen. »Sie beugen sich über sie und küssen sie leidenschaftlich«, sagte er zu dem Schauspieler. Und dann rief er den anderen zu: »Pause!«

2

Das Café des kleinen Bahnhofs war gesteckt voll mit den Leuten von der Crew, die sich um die Bar drängten. Sie blieb unentschlossen an der Tür stehen, während er sich unter die Menge mischte. Nach einer Weile tauchte er wieder auf, zwei Milchkaffee vorsichtig im Gleichgewicht haltend, und nickte mit dem Kopf in Richtung nach draußen. Auf der Hinterseite des Cafés befand sich ein steiniger, von einer Weinlaube überdachter Hof, der auch als Lagerraum der Bar diente. Leere Getränkekisten und alte, schiefe Stühle standen da. Sie setzten sich auf zwei der Stühle und benutzten einen als Tischchen.

»Wir sind fast fertig«, sagte er.

»Er hat es sich in den Kopf gesetzt, die letzte Szene zum Schluß zu drehen«, antwortete sie, »ich habe keine Ahnung, warum.«

Er schüttelte den Kopf. »Er ist *modern*«, sagte er mit Betonung auf dem Adjektiv, »er scheint den Cahiers du Cinema entsprungen zu sein. Paß auf, der Cappuccino ist kochend heiß.«

»Ich verstehe ihn trotzdem nicht«, sagte sie.

»Sind sie in Amerika anders?«

»Ich glaube schon«, sagte sie überzeugt, »weniger aufgeblasen, weniger . . . intellektuell.«

»Aber dieser da ist tüchtig.«

»Früher war das jedenfalls nicht üblich«, antwortete sie.

Sie tranken schweigend ihren Cappuccino. Es war elf Uhr vormittags, und das Meer funkelte. Man sah es hinter der Ligusterhecke, die neben dem Mäuerchen um den Hof wuchs. Die Sonne hatte die Wolkenmauer durchbrochen, und es schien ein schöner Tag zu werden. Das Weinlaub der Pergola war flammend rot, und das Sonnenlicht ließ Schattenpfützen auf dem Kiesboden tanzen.

»Ein herrlicher Herbst«, sagte er und blickte zum Blätterdach empor. Und dann setzte er wie in Gedanken verloren fort: »Früher. Es ist ein eigenartiges Gefühl, wenn du das sagst.«

Sie antwortete nicht, sondern schlang die Arme um die Beine und drückte sie an die Brust. Auch ihr Blick war inzwischen nachdenklich geworden, als käme ihr erst jetzt die Bedeutung ihrer Worte zu Bewußtsein. »Warum hast du zugesagt?« fragte sie schließlich.

»Und du?«

»Ich weiß es nicht, aber ich habe dich zuerst gefragt.«

»Um mich einer Illusion hinzugeben«, sagte er, »nun . . . um noch einmal . . . ja, so etwas Ähnliches, ich weiß nicht recht. Und du?«

»Ich weiß nicht recht, wohl aus demselben Grund, denke ich.«

Der Regisseur, der eine Runde durch das Café drehte, trat vom Weg her auf sie zu. Er war ganz aufgeräumt und hielt ein Bierglas in der Hand. »Da haben sich also die Stars versteckt«, rief er und ließ sich mit einem zufriedenen Seufzen auf einen der schiefen Stühle fallen.

»Verschonen Sie uns mit Ihren Vorträgen über die Schönheit des O-Tons«, sagte sie, »wir haben uns schon genug anhören müssen.«

Der Regisseur nahm es ihr nicht übel und begann gelassen zu plaudern. Er sprach über den Film, über die Bedeutung der neuen Version, über den Grund, warum er nach so vielen Jahren wieder dieselben Schauspieler engagiert hatte und warum er dem Film einen so ausgeprägten

Remake-Charakter geben wollte. Nichts Neues, wie die gleichgültigen Mienen seiner Zuhörer bewiesen, aber er sprach offensichtlich gern davon, er führte fast ein Selbstgespräch. Er trank sein Bier aus und stand auf.

»Es müßte nur noch regnen«, sagte er im Weggehen, »es wäre ein Jammer, wenn wir die letzte Szene mit der Wasserpumpe drehen müßten.« Bevor er um die Ecke verschwand, sagte er noch: »Wir drehen in einer halben Stunde.«

Sie blickte ihren Kollegen kopfschüttelnd an und zuckte mit den Achseln.

»In der letzten Szene regnete es«, erklärte er, »ich stand im Regen.«

Sie lachte und legte ihm eine Hand auf die Schulter, wie um zu bezeugen, daß sie es sehr gut wußte.

»In Amerika spielen sie ihn immer noch?« fragte er mit einem etwas einfältigen Blick.

»Wenn uns der Regisseur doch elfmal ins Kino geschickt hat!« sagte sie und lachte noch mehr. »Ja, in Amerika läuft er hin und wieder in einem Cineclub.«

»Hier auch«, sagte er. Und dann fragte er unvermittelt: »Wie geht es dem Major?«

Sie sah ihn fragend an.

»Howard«, erklärte er, »ich hatte dich gewarnt, ihm keine schönen Augen zu machen, aber offensichtlich hast du meinen Rat nicht befolgt, auch wenn die Szene nicht in den Film aufgenommen wurde.« Er schien einen Augenblick nachzudenken. »Ich habe nie verstanden, warum du ihn geheiratet hast.«

»Ich auch nicht«, sagte sie mit einem kindlichen Ton in der Stimme, »ich war so jung.« Ihr Gesicht entspannte sich, als hätte sie das Mißtrauen abgelegt und wollte nicht mehr lügen. »Ich wollte dich ärgern«, sagte sie ruhig, »das war der ausschlaggebende Grund, aber vielleicht war ich mir dessen nicht bewußt. Und dann wollte ich nach Amerika.«

»Und Howard?« fragte er wieder.

»Unsere Ehe ging bald in die Brüche, er war nicht für mich geschaffen, und ich war nicht für das Kino geschaffen.«

»Du bist spurlos verschwunden, warum hast du zu spielen aufgehört?«

»Für jemanden wie mich, der Probeaufnahmen bestanden und zufällig einen erfolgreichen Film gedreht hatte, war es nicht einfach, in diesem Metier zu bestehen. In Amerika sind sie professionell: Einmal wurde ich für eine Fernsehserie engagiert, ich spielte eine säuerliche, verbitterte Millionärin, glaubst du, daß das mein Typ ist?«

»Nein, du siehst aus wie eine glückliche Frau. Bist du glücklich?«

Sie lächelte. »Nein«, sagte sie. »Aber ich habe so vieles.«

»Was?«

»Eine Tochter zum Beispiel. Sie ist ein entzückendes Mädchen, sie geht seit drei Jahren zur Universität, wir haben uns sehr gern.«

Er sah sie ungläubig an.

»Es sind mehr als zwanzig Jahre vergangen«, sagte sie. »Fast ein Leben.«

»Du bist noch immer wunderschön.«

»Das ist die Schminke, ich bin voller Falten. Ich bin fast Großmutter.«

Sie schwiegen längere Zeit. Aus dem Café drang das Geräusch der Stimmen, jemand hatte die Juke-Box in Betrieb gesetzt. Er schien etwas sagen zu wollen, blickte aber zu Boden, als fände er nicht die richtigen Worte. »Ich möchte, daß du mir von deinem Leben erzählst, daß du mir den ganzen Film erzählst, und das wird mir erst jetzt klar.«

»Sicher«, stimmte sie begeistert zu, »auch ich hätte gern, daß du mir von deinem Leben erzählst.«

In diesem Augenblick kam Signorina Ferraretti, das Scriptgirl, um die Ecke. Sie war mager, häßlich und aufdringlich und trug eine runde Brille und einen kleinen Pferdeschwanz. »Signora, Maske!« rief sie, »wir drehen in zehn Minuten.«

3

Die Bahnhofsglocke hatte zu läuten aufgehört. In der Ferne hörte man bereits das Geräusch des Zuges. Der Mann stand auf und steckte die Hände in die Tasche. »Ich begleite dich zum Bahnsteig.« Das Mädchen schüttelte entschieden den Kopf. »Nein, es ist gefährlich.«

»Ich begleite dich trotzdem.«

»Ich bitte dich!«

»Noch etwas«, sagte er und begann zu gehen, »der Major ist ein junger und galanter Mann, also mach ihm keine schönen Augen.« Das Mädchen warf ihm einen flehenden Blick zu. »Oh Eddie«, rief sie mit einem gequälten Ton in der Stimme und bot ihm den Mund.

Er legte ihr den Arm um die Mitte und zwang sie, sich leicht nach hinten zu lehnen. Während er ihr tief in die Augen blickte, näherte er langsam seinen Mund dem ihren und küßte sie leidenschaftlich. Es war ein intensiver, langer Kuß, und beifälliges Gemurmel und der eine oder andere Pfiff wurden laut.

»Stop«, schrie der Regieassistent, »Szene aus!«

»Mittagessen«, verkündete der Regisseur durch das Megaphon, »wir drehen um vier weiter.«

Die Crew verlief sich in alle Himmelsrichtungen. Die einen gingen ins Café, die anderen liefen zu den Wohnwagen, die auf dem Bahnhofsplatz standen. Er zog seinen Gabardinemantel aus und legte ihn sich über den Arm. Sie traten als letzte auf den leeren Gehsteig hinaus und machten sich auf in Richtung Strandpromenade.

Ein Lichtstrahl traf das Grüppchen der rosa Häuser am Hafen, und das Meer war von einem zarten Himmelblau, fast durchsichtig. Auf einer Terrasse erschien eine Frau mit einer Waschschüssel unter dem Arm und hängte die Wäsche zum Trocknen auf. Sorgfältig befestigte sie eine Hose und ein paar Kinderleibchen an der Leine. Dann betätigte sie eine Seilwinde, die Wäsche glitt die Schnur entlang, die zwischen zwei Häusern gespannt war, und flatterte wie Fähnchen im Wind. Die Häuser hier bildeten laubengangähnliche Bogen, und die Marktstände darunter waren mit Zeltplanen abgedeckt. Auf einigen von ihnen befand sich ein blauer Anker und die Aufschrift: *Meeresspezialitäten.*

»Früher einmal war hier eine Pizzeria«, sagte er, »ich erinnere mich sehr gut, sie hieß Pezzi.«

Die Frau blickte schweigend zu Boden. »Du mußt dich einfach erinnern«, fuhr er fort, »da war ein Schild, auf dem stand: *Pizza zum Mitnehmen*, und ich sagte zu dir: Nehmen wir ein Stück Pizza von Pezzi mit, und du hast gelacht.«

Sie gingen eine kleine Treppe hinunter in einer Gasse, in der ein Bogen zwei Fenster verband. Ihre Schritte hallten auf dem glänzenden Pflaster, als wäre es Winter, mit demselben klaren Klang, den die Geräusche in der kalten Luft haben. Aber es wehte ein laues Lüftchen, und der Geruch von Klebsamen lag in der Luft. Die Geschäfte an der Strandpromenade waren geschlossen, und vor den Cafés standen übereinandergeschichtet die Stühle, neben den Tischen mit den Beinen in der Luft.

»Wir haben schon Nachsaison«, sagte die Frau.

Er sah sie verstohlen an, um die eventuelle Anspielung nicht zu übersehen, ließ das Thema aber fallen. »Da hat ein Restaurant offen«, sagte er und nickte mit dem Kopf. »Was hältst du davon?«

Es hieß *L'Arsella* und war eine Konstruktion aus Holz und Glas, die mit Pfählen im Sand verankert war, neben den strahlend blauen Badeanstalten. An den Stützpfosten waren zwei schaukelnde Schiffe vertäut. Die Rolleaus waren an einigen Fenstern heruntergelassen, und trotz des hellen Tageslichts brannte Licht auf den Tischen. Es waren nur wenige Gäste da: ein schweigendes, älteres, deutsches Paar, zwei Jugendliche mit intellektuellem Flair, eine blonde Dame mit einem Hund: die letzten Urlauber. Sie setzten sich an einen Ecktisch, weit weg von den anderen. Der Kellner hatte sie möglicherweise erkannt, denn er kam eilfertig und gleichzeitig verlegen gelaufen, wenn auch mit einem Blick, der vertraulich sein wollte. Sie bestellten gegrillte Seezungen und Champagner und betrachteten den Horizont, der mit den dahinjagenden Wolken seine Farbe veränderte. Im Augenblick lag ein indigoblauer Schimmer auf der Trennlinie zwischen Himmel und Meer, und das Vorgebirge, das den Golf abschloß, war silbergrün wie ein Eisblock.

»Es ist unglaublich«, sagte sie nach einer Weile, »zwanzig Tage für einen Film, das ist absurd, manche Szenen haben wir ein einziges Mal gedreht.«

»Avantgardemethoden«, sagte er lächelnd, »vom Typ cinema-verité, aber nachgemacht. Die Produktionskosten heutzutage sind übermäßig hoch, und einen Film kann man auch so drehen.« Er begann kleine Kügelchen aus dem Brotteig zu formen, die er der Reihe nach neben seinen Teller legte. »Anghelopulos«, zischelte er ironisch,

»er würde gerne einen Film wie *O Thiassos* drehen. Der Film im Film, und wir, die wir uns selbst spielen. Zeitgenössische Schlager und lange Einstellungen, einverstanden, aber was nimmt er anstelle des Mythos und der Tragödie?«

Der Kellner brachte den Champagner und entkorkte die Flasche. Sie hob ihr Glas und deutete ein »Prost« an. Ihre Augen, in denen sich das Licht spiegelte, glänzten boshaft. »Das Melodram nimmt er«, sagte sie, »das Melodram.« Sie trank mit kleinen Schlucken, und dann grinste sie breit. »Deshalb wollte er, daß wir so dick auftragen«, fuhr sie fort, »wir haben uns praktisch selbst karikiert.«

Auch er hob das Glas. »Somit lebe das Melodram«, sagte er, »im Grunde sind auch die Großen nichts anderes: Sophokles, Shakespeare, Racine, lauter Verfasser von Melodramen, und auch ich habe in all den Jahren nichts anderes gemacht.«

»Ich hätte gern, daß du mir von dir erzählst«, sagte sie.

»Wirklich?«

»Sicher.«

»Ich habe einen Bauernhof in der Provence, auf dem ich lebe, sooft ich kann. Die Landschaft ist freundlich, die Menschen sind angenehm, ich fühle mich wohl, und Pferde habe ich schon immer gemocht.« Er fuhr fort, Brotkügelchen zu formen; er hatte bereits zwei Kreise um ein Glas gelegt, und seine Finger legten unermüdlich ein Kügelchen neben das andere, wie bei einem Geduldspiel.

»Das habe ich nicht gemeint«, sagte sie.

Er rief den Kellner und bestellte eine neue Flasche Champagner.

»Ich unterrichte an der Akademie für Darstellende Kunst«, sagte er dann, »das ist mein Leben: Kreon, Macbeth, Heinrich VIII.« Er lächelte schuldbewußt. »Menschen mit hartem Herzen, das ist meine Spezialität.«

Sie sah ihn aufmerksam an, intensiv und konzentriert, als wäre sie um ihn besorgt. »Und das Kino?« fragte sie.

»Vor fünf Jahren habe ich in einem Kriminalfilm einen amerikanischen Privatdetektiv gespielt: bloß drei Szenen, und dann wurde ich in einem Lift umgebracht. Aber auf dem Vorspann hieß es: unter Mitwirkung von, und das in einer Schrift über die ganze Leinwand.«

»Du bist ein Mythos«, sagte sie überzeugt.

»Ein Überbleibsel«, korrigierte er. »Ich bin wie dieser Stummel, den ich zwischen den Lippen habe, da, schau.« Er setzte eine harte, verzweifelte Miene auf, und der Rauch der Zigarette in seinem Mundwinkel legte einen Schleier über sein Gesicht.

»Nein, nicht Eddie spielen«, sagte sie lachend.

»Aber ich bin Eddie«, flüsterte er und machte eine Geste, als zöge er sich einen imaginären Hut ins Gesicht. Er füllte die Gläser nach und hob das seine. »Auf das Kino.«

»Wenn wir so weitermachen, sind wir bei den Dreharbeiten betrunken, *Eddie*«, sagte sie boshaft, den Namen betonend.

Er nahm mit einer theatralischen Geste den Hut vom Kopf und drückte ihn ans Herz. »Um so besser, dann sind wir so richtig melodramatisch.« Als Dessert hatten sie Eis mit heißer Schokolade bestellt. Der Kellner brachte es mit triumphierendem Blick, in der einen Hand die Schüssel mit dem Eis, in der anderen die Sauciere mit der dampfenden Schokolade. Während er sie bediente, fragte er sie schüchtern, aber nicht ohne einen Anflug von Koketterie, ob sie ihm wohl die Ehre erwiesen, ihm ein Autogramm auf die Speisekarte zu schreiben, und setzte ein breites, zufriedenes Grinsen auf, als er ihre Zustimmung erhielt.

Es war ein großes Eis in Form einer Blüte, mit blutroten Kirschen im Zentrum der Blumenkrone. Er nahm sich eine mit der Hand und steckte sie in den Mund. »Hör zu«, sagte er, »ändern wir das Finale.«

Sie sah ihn etwas verblüfft an, aber vielleicht war es auch nur ein rhetorischer Blick, und sie hatte sehr gut verstanden und wartete nur auf eine Bestätigung.

»Geh nicht weg«, sagte er, »bleib bei mir.«

Sie senkte den Blick auf ihren Teller, als wäre sie verlegen. »Oh, ich bitte dich«, sagte sie, »bitte.«

»Du sprichst genauso wie im Film«, sagte er, »das ist derselbe Satz.«

»Wir sind hier in keinem Film«, sagte sie fast unwillig, »hör auf zu spielen, du übertreibst.«

Er machte eine Handbewegung, als wollte er das Thema endgültig fallen lassen. »Aber ich liebe dich«, sagte er sehr leise. Diesmal nahm sie einen belustigten Tonfall an. »Aber sicher«, sagte sie mit einem Hauch von Herablassung, »im Film.«

»Das ist dasselbe«, sagte er, »es ist alles ein Film.«

»Was alles?«

»Alles.« Er ließ seine Hand über den Tisch gleiten und drückte die ihre. »Drehen wir den Film in umgekehrter Richtung, kehren wir zum Anfang zurück.«

Sie sah ihn an, als fehlte ihr der Mut zu antworten. Sie ließ zu, daß er ihr die Hand streichelte, und erwiderte seine Zärtlichkeiten. »Du vergißt den Titel des Films«, sagte sie, nach einem Scherz suchend, »man kann nicht umkehren.«

Der Kellner kam freudestrahlend gelaufen und schwenkte die Speisekarte für die Autogramme.

4

»Du bist verrückt«, protestierte sie lachend, ließ sich aber trotzdem von ihm fortziehen, »sie werden fuchsteufelswild sein.«

Er zog sie an der Hand über den Landungssteg und beschleunigte den Schritt. »Vergiß sie«, sagte er, »dieser Angeber soll ruhig ein wenig warten, das Warten fördert die Inspiration.«

Auf dem Schiff waren nicht mehr als zehn Passagiere, verstreut auf den Bänken im Schiffsinneren und auf den Eisenstühlen am Heck. Es waren lauter Einheimische, das sah man an ihren Kleidern und an ihrem Verhalten, das auf eine langjährige Vertrautheit mit diesem Verkehrsmittel schließen ließ. Drei schwatzende Frauen hielten Plastiktüten mit der Aufschrift eines großen Kaufhauses auf den Knien; offensichtlich waren sie aus den Dörfern im Golf gekommen, um in der Stadt ihre Einkäufe zu erledigen. Der Billeteur trug eine blaue Hose und ein weißes Hemd mit dem Zeichen der Schiffahrtsgesellschaft auf der Tasche. Er fragte ihn, wie lange sie für die Hin- und Rückfahrt brauchen würden. Der Billeteur wies mit einer ausladenden Geste auf den Golf und zählte die Dörfer auf, in denen das Boot anlegte. Er war ein junger Mann mit blondem Schnurrbart und ausgeprägtem Dialekt. »Ungefähr eineinhalb Stunden«, sagte er, »aber wenn Sie es eilig haben, gibt es ein anderes Schiff, das von dem ersten Hafen zurückfährt, in dem wir anlegen. Es kommt hier in ungefähr vierzig Minuten an.« Er wies auf das erste Dorf im rechten Teil des Golfs – ein kleiner Haufen heller, sonnenbeschienener Häuser.

Sie war noch immer unentschlossen, auf halbem Weg zwischen Zweifel und Versuchung. »Sie werden wütend sein«, wiederholte sie, »sie wollen heute abend mit den Dreharbeiten fertig sein.«

Er zuckte mit den Achseln und machte eine wegwerfende Geste. »Wenn wir heute nicht fertigwerden, dann morgen«, antwortete er, »wir haben den Film im Akkord gedreht, da wird man uns wohl einen Tag zusätzlich gestatten.«

»Morgen geht mein Flugzeug nach New York«, sagte sie, »ich habe alles gebucht, meine Tochter wartet auf mich.«

»Signora, entscheiden Sie sich bitte«, sagte der Billeteur höflich, »wir laufen aus.«

Die Schiffssirene heulte zweimal, und der Matrose auf dem Landungssteg begann das Tau zu lösen. Der Billeteur zog seinen Block heraus und hielt ihnen zwei Karten hin. »Am Bug sitzen Sie besser«, riet er ihnen, »es ist ein wenig windig, aber Sie spüren den Seegang nicht so sehr.«

Die weißen Eisenstühle waren alle leer, aber sie stützten sich auf die niedere Reling, um die Landschaft zu betrachten. Das Schiff löste sich in Windeseile vom Landungssteg und nahm seine Fahrt auf. Das Städtchen entfernte sich zusehends und zeigte sich als eine anmutige Einheit von alten Häusern, deren Anordnung eine unerwartete, aber logische Geometrie zugrunde lag.

»Das Land ist schöner, wenn man es vom Meer aus sieht«, sagte sie. Sie hielt sich mit der Hand die vom Wind zerzausten Haare zurück, und auf ihren Schläfen hatten sich zwei rote Flecke gebildet.

»*Du* bist sehr schön«, sagte er, »zu Land und zur See, überall.«

Sie lachte und kramte in ihrer Tasche, womöglich auf der Suche nach einem Kopftuch. »Du bist sehr galant geworden, früher warst du das nicht.«

»Früher war ich dumm, dumm und kindisch.«

»Mir kommst du aber jetzt kindischer vor«, sagte sie, »entschuldige, wenn ich dir das sage, aber das ist meine Meinung.«

»Nein«, sagte er, »du täuschst dich, ich bin nur älter geworden.« Er warf ihr einen beunruhigten Blick zu. »Sag jetzt bloß nicht, daß ich alt bin.«

»Nein«, beruhigte sie ihn, »du bist nicht alt. Aber die Dinge hängen nicht nur davon ab.«

Sie zog ein Etui aus Schildpatt aus der Tasche und nahm sich eine Zigarette heraus. Er hielt seine Hände über die ihren, wie eine Muschel, um das Zündholz vor dem Wind zu schützen. Inzwischen war der Himmel sehr blau, auch wenn vom Horizont her eine dunkle Wolkenwand aufzog, und das Meer war türkis. Das erste Dorf im Golf rückte rasch näher. Der rosa Glockenturm mit der abgerundeten weißen Spitze, die aussah wie eine Meringe, war bereits deutlich zu sehen. Ein Schwarm Tauben hob sich von den Dächern und flog einen großen Bogen in Richtung Meer.

»Das Leben hier muß einfach und schön sein«, sagte er.

Sie nickte lächelnd. »Vielleicht, weil es nicht das unsere ist.« Das Retour-Fährschiff, das in dem winzigen Hafen vor Anker lag, war bereits deutlich zu sehen. Es war ein altes Schiff, das an einen Schleppdampfer erinnerte. Als ihr Schiff ins Blickfeld rückte, tutete es dreimal – wie zum Gruß. Auf dem Landungssteg standen ein paar Menschen; wahrscheinlich warteten sie darauf, an Bord gelassen zu werden. Ein kleines Mädchen in einem gelben Kleid hüpfte an der Hand seiner Mutter unaufhörlich auf und ab, wie ein kleiner Vogel.

»Genau das möchte ich«, sagte er unzusammenhängend,

»nicht das unsere leben.« Ihr Blick gab ihm zu verstehen, daß er einen unverständlichen Satz von sich gegeben hatte, und er korrigierte sich. »Ein glückliches Leben, weil es nicht das unsere ist«, sagte er, »so wie wir es uns in diesem Dörfchen vorgestellt haben, das man von hier aus sieht.« Er nahm ihre Hände in die seinen und zwang sie, ihn anzusehen, indem er sie lange und schweigend betrachtete.

Sie befreite sich sanft und gab ihm hastig einen Kuß. »Eddie«, sagte sie zärtlich, »mein lieber Eddie.« Dann hakte sie sich bei ihm unter und zog ihn zum Steg, der für die aussteigenden Passagiere ausgelegt worden war. »Du bist ein großer Schauspieler«, sagte sie, »ein wirklich großer Schauspieler.« Sie war fröhlich und voller Leben.

»Aber ich meine es wirklich«, protestierte er schwach und ließ sich zum Ausgang ziehen.

»Sicher«, sagte sie, »wirklich. Wie alle echten Schauspieler.«

5

Der Zug blieb jäh stehen, schnaubend und mit kreischenden Rädern. Das Fenster eines Abteils wurde heruntergekurbelt und fünf Mädchenköpfe beugten sich heraus. Manche von ihnen hatten gefärbte Haare, mit Locken bis auf die Schultern und gekräuselten Stirnfransen. Sie begannen zu lachen und zu schwatzen, und riefen: »Elsa, Elsa!« Eine auffällige Rothaarige mit einer grünen Masche im Haar rief den anderen zu: »Da ist sie!« und beugte sich übertrieben weit aus dem Fenster, während sie Elsa mit ausladenden Gesten begrüßte. Elsa ging schneller, bis sie unter dem Wagonfenster stand und die Hände ergriff, die ihr freudig entgegengestreckt wurden. »Corinna«, rief sie, zu der auffälligen Rothaarigen gewandt, »was hast du mit deinen Haaren gemacht?« »Severio sagt, ich gefalle ihm so«, lachte Corinna, kniff ein Auge zusammen und wies mit dem Kopf ins Wageninnere. »Steig ein, los, oder willst du vielleicht hierbleiben?« rief sie im Falsett. Dann stieß sie einen kleinen Schrei aus. »Huh, Mädels, da steht ein kleiner Rodolfo Valentino!«

Die Mädchen beugten sich aus dem Fenster und begannen wie wild zu gestikulieren, um die Aufmerksamkeit des Mannes auf sich zu ziehen, den ihnen Corinna gezeigt hatte. Eddie blieb nichts anderes übrig, als hinter dem Fahrplan hervorzutreten, und er tat es phlegmatisch, mit in die Stirn gezogenem Hut. In genau diesem Augenblick betraten zwei deutsche Soldaten durch das Tor den Bahnhof und marschierten auf das Häuschen des Bahnhofsvorstands zu. Fast im selben Augenblick kam der Bahnhofsvorstand mit seinem roten Fähnchen herausgelaufen und eilte mit schnellen Schritten zur Lokomotive, was seinen stämmigen Körper noch plumper erscheinen ließ. Die beiden Soldaten hatten sich vor dem Häuschen mit dem Stellwerk aufgepflanzt, als müßten sie etwas bewachen. Die Mädchen waren still geworden und verfolgten besorgt die Szene. Elsa stellte ihren Koffer auf den Boden und sah Eddie verstört an. Er bedeutete ihr, sie solle weitergehen, und setzte sich auf eine Bank unter einem Werbeplakat der Riviera, nahm die Zeitung aus der Tasche und versteckte dahinter das Gesicht.

Corinna war die Szene nicht entgangen, und sie schien verstanden zu haben. »Komm, meine Liebe«, rief sie, »willst du endlich einsteigen?« Corinna setzte ein strahlendes Lächeln auf und warf den beiden Soldaten, die sie beobachteten, ein frivoles »ciao« zu. Inzwischen war der Bahnhofsvorstand mit der zusammengerollten Fahne unter dem Arm zurückgekommen, und Corinna fragte ihn, was los sei.

»Das versteht kein Mensch«, antwortete der Kleine achselzuckend, »allem Anschein nach müssen wir eine Viertelstunde warten, aber den Grund kenne ich nicht, Vorschrift eben.«

»Ah, dann können wir ja aussteigen und uns ein wenig die Beine vertreten, nicht wahr, Mädels?« quietschte Corinna vergnügt, und eine Sekunde später stürzte sie mit den anderen im Gefolge aus dem Wagen. »Du steigst ein«, flüsterte sie Elsa im Vorbeigehen zu, »die beiden lenken wir schon ab.«

Das Grüppchen bewegte sich von Eddie weg, an den beiden Soldaten vorbei. »Gibt es denn hier kein Restaurant?« fragte sich Corinna laut und schaute sich suchend um. Sie verstand es ausgezeichnet, die Aufmerksamkeit der anderen auf sich zu ziehen: Sie wiegte sich aufreizend in den Hüften und ließ das Täschchen baumeln, das sie sich von der Schulter gestreift hatte. Sie trug ein sehr enges, geblümtes Kleid und Sandalen mit Korksohle. »Das Meer«, rief sie, »Mädels, seht euch das Meer an, ist es nicht göttlich?« Sie lehnte sich theatralisch an den erstbesten Laternenmast und führte mit einer kindlichen Geste die Hand an den Mund. »Wenn ich einen Badeanzug dabei hätte, könnte ich glatt den Herbst vergessen«, sagte sie mit einer Bewegung des Kopfes, und eine Fülle roter Löckchen wogte auf ihren Schultern. Die beiden Soldaten sahen ihr wie betäubt zu, unfähig, den Blick von ihr abzuwenden. Und da hatte Corinna einen Geistesblitz. Vielleicht war es der Laternenpfahl, der sie auf die Idee brachte, oder die Notwendigkeit, eine Situation zu meistern, die sie anders nicht bewältigt hätte. Sie streifte sich das Oberteil über die Schultern, lehnte sich mit dem

Rücken an den Laternenmast und ließ ihr Täschchen baumeln, dann breitete sie, an ein imaginäres Publikum gewandt, die Arme aus und kniff ein Auge zusammen, als ob die ganze Landschaft ihre Komplizin wäre. »Auf der ganzen Welt wird es gesungen«, rief sie, »selbst von unseren Feinden!« Sie wandte sich an die Mädchen und klatschte in die Hände. Die Nummer gehörte sicher zur Vorstellung, denn die Mädchen bildeten eine Reihe und standen stramm, während sie die Beine im Marschschritt bewegten, ohne sich jedoch vom Fleck zu rühren, eine Hand wie zum Salut an die Stirn gelegt. Corinna hielt sich mit einer Hand am Laternenmast fest, und mit einem graziösen Schritt drehte sie sich einmal um ihn herum. Ihr Rock bauschte sich und gab den Blick auf ihre Beine frei.

»Vor der Kaserne, vor dem großen Tor, stand eine Laterne, und steht sie noch davor . . . so wollen wir uns da wiedersehen, bei der Laterne wollen wir stehen, wie einst Lilli Marleen, wie einst Lilli Marleen.«

Die Mädchen applaudierten, und ein Soldat pfiff. Corinna bedankte sich scherzhaft mit einer Verbeugung und ging zu dem Brunnen neben der Hecke. Sie befeuchtete die Schläfen mit einem Finger, ohne die Straße unter sich aus den Augen zu lassen, und dann ging sie wieder zum Trittbrett des Wagens zurück, mit den Mädchen im Gefolge. »Auf Wiedersehen, meine Süßen«, rief sie den Soldaten auf Deutsch zu und stieg ein, »wir ziehen uns zurück, die Tournee wartet auf uns.«

Elsa wartete im Korridor auf sie und nahm sie in die Arme. »Oh, Corinna, du bist ein Engel«, sagte sie und küßte sie. »Vergiß es«, sagte Corinna seufzend und begann wie ein Kind zu schluchzen. Die beiden Soldaten waren an den Wagen herangetreten und betrachteten die Mädchen; sie wechselten ein paar kurze Sätze, einer der beiden konnte ein paar Worte Italienisch. In diesem Augenblick wurde Motorengeräusch laut und ein schwarzer Wagen schoß durch das Tor am Ende des Bahnhofes, fuhr den ganzen Bahnsteig entlang und blieb an der Spitze des Zuges stehen, neben dem ersten Wagen. Die Mädchen beugten sich aus dem Fenster, um zu sehen, was los sei, aber die Gleise bildeten eine kleine Kurve, und man sah nicht sehr viel. Eddie saß noch immer auf der Bank, offensichtlich ganz versunken in die Lektüre seiner Zeitung, die sein Gesicht verdeckte. »Was ist los, Mädels?« fragte Elsa scheinbar gleichgültig, während sie ihre Sachen im Netz verstaute. »Nichts«, antwortete eine von ihnen. »Es muß ein großes Tier sein, aber er ist in Zivil, er ist in der ersten Klasse eingestiegen.«

»Ist er denn allein?« fragte Elsa.

»Ich glaube schon«, sagte das Mädchen, »die Soldaten salutieren, sie sind nicht eingestiegen.«

Elsa trat ans Fenster. Die Soldaten machten auf der Höhe der Lokomotive kehrt und gingen auf die kleine Straße zu, die in die Stadt führte. Der Bahnhofsvorstand kam mit seiner Fahne, die er über den Boden schleifte, und betrachtete seine Schuhe. »Es geht los«, sagte er philosophisch wie einer, der mit allen Wassern gewaschen ist, und schwenkte die Fahne. Der Zug pfiff. Die Mädchen setzten sich. Nur Elsa blieb am Fenster stehen. Sie hatte sich die Haare nach hinten gekämmt, und ihre Augen glänzten. In diesem Augenblick stand Eddie auf und ging zum Fenster.

»Adieu Eddie«, flüsterte Elsa und hielt ihm die Hand hin.

»Sehen wir uns in einem anderen Film?« fragte er.

»Was zum Teufel soll das?« schrie der Regisseur hinter ihm, »was zum Teufel soll das?«

»Soll ich die Szene stoppen?« fragte der Regieassistent.

»Nein«, sagte der Regisseur, »das synchronisieren wir sowieso.« Und dann schrie er ins Megaphon: »Los, der Zug fährt an, schneller, laufen Sie auf dem Bahnsteig neben ihr her, halten Sie ihr die Hand!«

Der Zug fuhr an und Eddie führte seine Anweisungen aus: Er lief schneller, bis er auf gleicher Höhe war, dann beschleunigte der Zug und bog ab, um die Weiche zu nehmen. Eddie drehte sich um und ging ein paar Schritte, dann zündete er sich eine Zigarette an und begann langsam auf die Kamera zuzugehen. Der Regisseur machte ihm ein Zeichen mit der Hand und verlangsamte so seinen Schritt, als führte er ihn an unsichtbaren Fäden.

»Lassen Sie mich an einem Herzinfarkt sterben, ich bitte Sie«, sagte er flehend.

»Was sagen Sie?«

»Ein Herzinfarkt«, sagte Eddie, »hier auf dieser Bank. Ich verziehe das Gesicht vor Schmerz, so, sehen Sie, ich setze mich auf die Bank und greife mir mit der Hand auf die Brust, wie Doktor Schiwago. Lassen Sie mich sterben.«

Der Regieassistent sah den Regisseur an und wartete auf die Anweisung, die Szene zu stoppen. Aber der Regisseur machte mit den Fingern das Schneiden einer Schere nach, was hieß, daß er die Szene herausschneiden würde, und gab das Zeichen, weiterzumachen.

»Was heißt hier Herzinfarkt«, sagte er, »glauben Sie vielleicht, Sie sähen aus wie einer, der gerade einen Herzinfarkt bekommt? Ziehen Sie den Hut in die Stirn, in Eddie-Manier, seien Sie vernünftig, zwingen Sie mich nicht, die Szene zu wiederholen.« Er machte den Arbeitern ein Zeichen, damit sie die Wasserpumpen in Betrieb setzten. »Los«, feuerte er ihn an, »es beginnt zu regnen, Sie sind Eddie, ich bitte Sie, und kein verliebter Narr ...

stecken Sie die Hände in die Tasche, zucken Sie mit den Achseln, ja, sehr gut, kommen Sie auf uns zu ... die Zigarette im Mundwinkel ... perfekt ... den Blick zu Boden geschlagen.«

Er drehte sich zum Kameramann um und rief: »Kamera zurück, Kamerafahrt, Kamera zurück!«

Anmerkung zu *Any where out of the world*

S. 70: »Cette vie . . .« – »Dieses Leben ist ein Spital, wo jeder Kranke von dem Wunsch besessen ist, das Bett zu wechseln. Der eine möchte dem Ofen gegenüber leiden, und der andere glaubt, am Fenster würde er genesen.

S. 70 f.: »Il me semble . . .« – »Mir scheint immer, dort, wo ich nicht bin, wäre ich glücklich, und wo wir unseren Aufenthalt nehmen könnten, ist eine der Fragen, über die ich mich unaufhörlich mit meiner Seele unterrede.«

S. 72: »Dis-moi . . .« – »Sag, meine Seele, arme, durchkältete Seele, wie wäre es, wenn wir in Lissabon wohnten? Da muß es warm sein, und du würdest wieder munter werden wie eine Eidechse. Diese Stadt liegt am Meer; und es heißt, sie sei aus Marmor erbaut [. . .]. Das wäre eine Landschaft nach meinem Geschmack; eine Landschaft aus Licht und Mineral, und Wasserflächen, sie zu spiegeln.«

aus: »Any where out of the world / Irgendwo außer der Welt«; in: Charles Baudelaire, Le spleen de Paris (Hanser, München 1985)

S. 73: »Une chambre . . .« – »Ein Zimmer, das einem Traum gleicht.«

aus: »La chambre double / Das zweifache Zimmer«; in: ibid.

S. 74: »Laisse-moi . . .« – »Laß mich lange, lange den Geruch deines Haares atmen.«

aus: »Un hémisphère dans une chevelure / Eine halbe Welt in einem Haar«; in: ibid.

Italo Calvino im dtv

Das Schloß, darin sich Schicksale kreuzen

Der Schloßherr zieht ein Kartenspiel hervor, Tarockkarten. Und plötzlich scheinen die Figuren den Anwesenden zu gleichen. Calvino konstruiert aus den Karten einen magischen Reigen von Schicksalen.
dtv 10284

Die unsichtbaren Städte

»Calvino entwirft im stilistisch knappen und eleganten Filigran seiner 55 Städteportraits eine Vision unserer Welt, in der Geschichte und Philosophie, Biologie und Ökologie, Linguistik und Semantik mit subtiler Genauigkeit integriert sind.« (Basler Zeitung)
dtv 10413

Wenn ein Reisender in einer Winternacht

Ein brillantes Verwirrspiel um einen Lesenden und eine (Mit-)Leserin, die von einer Geschichte in neun andere geraten. Kunst oder Leben, das ist keine Frage.
dtv 10516

Der Baron auf den Bäumen

Als Zwölfjähriger steigt der Baron auf eine Steineiche und wird bis zu seinem Tode nie mehr einen Fuß auf die Erde setzen. Ein mit immer neuen Einfällen und Phantasien angefüllter poetischer Roman, charmant, heiter, übermütig und klug.
dtv 10578

Foto: Isolde Ohlbaum

Der geteilte Visconte

Medardo di Terralba kehrt aus den Türkenkriegen im wahrsten Sinne in zwei Teile gespalten zurück. Zu allem Überfluß verlieben sich auch beide Hälften des Visconte, die gute wie die schlechte, in dieselbe Frau.
dtv 10664

Der Ritter, den es nicht gab

Innen hohl, besteht Ritter Agilulf nur aus Rüstung, Kampfgeist und Pflichtgefühl: das Musterbild eines ordentlichen Soldaten. »Ein Ritterroman, der mit allen Wassern des Unernstes gewaschen ist.« (Münchner Merkur)
dtv 10742

Herr Palomar

Herrn Palomars Leidenschaft ist das Betrachten; immer treiben ihn seine Phantasie und diskrete Neugier in wahrhaft abenteuerliche Denkspiralen und Selbstgespräche.
dtv 10877

Lars Gustafsson im dtv

Wollsachen

Nach einem gescheiterten Selbstmordversuch schreibt der Lehrer Lars Hedin seine eigene »Krankheitsgeschichte« über sein verpfuschtes Leben. Da verliebt er sich in die Freundin eines seiner Schüler.
dtv 1273

Das Familientreffen

Ein Wirtschaftswissenschaftler geht mit seinem Wissen um skrupellose Versuche mit bakteriologischen Waffen an die Öffentlichkeit, weil er es vorzieht, sich selbst zu opfern, anstatt von höherer Stelle geopfert zu werden.
dtv 1470

Die Tennisspieler

Als tennisspielender Gastprofessor im sonnigen Texas stößt Gustafsson auf das Buch eines Anarchisten, das die bisherige Forschung in Frage stellt. Um der Sache auf den Grund zu kommen, bedient er sich heimlich des Zentralcomputers der Luftabwehr.
dtv 10008

Erzählungen von glücklichen Menschen

Das Glück besteht immer in einer Suche, einer Bewegung, einem Verlangen. Es ist nicht Erfüllung der Wünsche nach Liebe, Erfolg oder Reichtum, sondern etwas, dem man nachjagen muß, wenn man ein ganzer Mensch werden will.
dtv 10175

Foto: Isolde Ohlbaum

Die Stille der Welt vor Bach

»Den Übersetzern ist es gelungen, das Energetisch-Zupackende, Ausgreifende und den schnellen Gedankengang dieser Lyrik vorzüglich wiederzugeben, die sich nie über der Wirklichkeit bewegt, sondern mit alltäglichen Worten diese trifft.« (Süddeutsche Zeitung)
dtv 10299

Trauermusik

Im Frühjahr 1958 kreuzen sich die Wege dreier Menschen. Gustafsson verfolgt ihre Lebensgeschichten bis in die achtziger Jahre hinein.
dtv 10566

Der eigentliche Bericht über Herrn Arenander

In diesem frühen Roman geht es »nicht um die möglichst umfassende Lebensbeschreibung eines Individuums, sondern allenfalls um das Modell eines intellektuellen Portraits«. (Süddeutsche Zeitung)
dtv 10863

Eva Zeller

»Eva Zeller fasziniert durch das, was erzählt wird, und dadurch, wie erzählt wird... Sie wertet nicht, erzürnt sich nicht, propagiert nicht, sondern stellt fest. Dieses harte, distanzierte Feststellen ist ihre Form der heißen Anteilnahme...« (Luise Rinser)

Südafrika mit seiner großartigen Landschaft und seiner schreienden Ungerechtigkeit, mit seinen starken, leidensfähigen Menschen und seinem grotesken, grausamen Herrschaftssystem ist der Schauplatz dieser Geschichten.
dtv 10387

Lange hat Nele versucht, damit fertigzuwerden, daß ihr Mann eine Geliebte hat, aber sie kann sich mit dem Dreiecksverhältnis nicht abfinden. Nach drei qualvollen Jahren räumt sie das Feld, doch die Zweifel an dieser Entscheidung bleiben.
dtv 10427

Von der Jugend im »Dritten Reich« bis zum rücksichtslosen Umgang mit Asylanten, zum Rassenhaß und der Vernichtung unserer Umwelt.
15 Erzählungen einer unbestechlichen Moralistin, herb, sarkastisch und unsentimental.
dtv 10520

dtv

Heimito von Doderer

»Einer der großen Erzähler unserer Sprache!« (Günter Blöcker)

dtv 281

dtv 752

dtv 1254

dtv 10287

dtv 10476

Ein Mord den jeder begeht
dtv 10083

Der Oger und andere Kurzgeschichten
dtv 10615

Der Grenzwald
dtv 10677

dtv